神兽乐队 ③

高堰阳 左瞳 ◎著

时代出版传媒股份有限公司
安徽文艺出版社

图书在版编目（CIP）数据

神兽乐队. 3 / 高堰阳, 左瞳著. — 合肥 : 安徽文艺出版社, 2023.9
ISBN 978-7-5396-7753-8

Ⅰ . ①神… Ⅱ . ①高… ②左… Ⅲ . ①长篇小说—中国—当代 Ⅳ . ①I247.5

中国国家版本馆CIP数据核字(2023)第070949号

SHENSHOU YUEDUI 3

神兽乐队 3

高堰阳 左瞳 著

出 版 人：姚　巍
责任编辑：秦知逸
装帧设计：陈秋含

．．．．．．．．．．．．．．．．．．．．．．．．．．．．．．．．．．．

出版发行：安徽文艺出版社　www.awpub.com
地　　址：合肥市翡翠路1118号　邮政编码：230071
营 销 部：(0551)63533889
印　　制：北京盛通印刷股份有限公司　电话：(010)52249888

．．．．．．．．．．．．．．．．．．．．．．．．．．．．．．．．．．．

开本：150 mm×210 mm　1/32　印张：7.75　字数：140千字
版次：2023年9月第1版
印次：2023年9月第1次印刷
定价：32.00元

主角简介

莫薇薇

·身份设定·

敦煌县一所普通小学的五年级学生，父亲是敦煌研究院的壁画修复师。

·性格设定·

执着勇敢，聪明好学，喜欢吐槽，常说"我只是个普通的小学生啊"；热爱音乐，乐感很好，口琴是她最珍爱的东西。

·角色设定·

她第一次吹响口琴的时候，唤醒了莫高窟壁画世界里的加灵鸟，从此连接了现实世界与壁画世界。

加灵鸟

·身份设定·

本是蓬莱岛上的孤儿，后成为壁画世界里的著名歌星，其实出自不鼓自鸣世界。

·性格设定·

漂亮又自恋，有些粗心，变成人形的时候总忘记把尾巴收回。

·角色设定·

唱歌非常动听，还会使用很多种乐器，听力非常好，一旦拿起乐器唱歌，就变成了优雅的仙女。

文鳐鱼

·身份设定·

出身于北海，居无定所，在大海中四处遨游。

·性格设定·

沉着冷静，善于思考，总能提出解决问题的办法，是一个具有学霸气质的小男孩。

·角色设定·

擅长医术，变成人形的时候，会幻化出一支笛子。当文鳐鱼吹响笛子的时候，可安抚躁郁的情绪，也可以对生物进行催眠。

配角简介

 **流水神医**

医术超群的长者，文鳐鱼的师父。

 **鲲鲲**

文鳐鱼的母亲、文鳐歌女的好朋友，住在冰凌之海。

 **精卫**

神农部落始祖大帝之女。

 **赤松子**

大雨师。

目 录 CONTENTS

莫薇薇五人误闯雷泽乡的陵墓，没想到陵墓主人竟然是雷神。他们在逃离陵墓的途中破解了众多机关，却遇到了打不死的骷髅兵。

这会儿，被加灵踢飞了脑袋的骷髅兵，竟然重新安回了脑袋，正虎视眈眈地看着他们！

几个人还愣在原地，骷髅兵已挥着刀冲进了他们所在的耳室，狠狠地朝他们砍来。五人顿时分散跑了出去，骷髅兵紧跟着追出。

骷髅兵虽然看不见，但是听力出奇地好，只要他们发出一丁点儿声音，骷髅兵就能察觉到。

加灵跑着跑着，突然想起自己辉煌的战绩，于是停下来，叉着腰不屑地说："手下败将而已，有什么好怕的?！"

　　她满怀自信地飞起一脚，朝骷髅兵的头踢去。就在大家以为历史要重现的时候，骷髅兵迅速抬手，双手持刀，挡住了加灵的攻击。

　　"骷髅兵的速度变快了！"莫薇薇大叫。难道是刚才失败的经历让骷髅兵进化了？

　　文文见状，立即翻出莲花笛，吹出一股巨大的水流，将骷髅兵冲倒在地，但骷髅兵很快就从地上弹了起来。

　　"确实变快了，但还是可以打中的。"文文说道，"加灵，你去分散骷髅兵的注意力。小九，你的火球威力比较大，你就像我刚才那样，找机会把火球朝骷髅兵身上打。"

　　"好！"加灵和小九应道。

　　加灵又飞起一脚，骷髅兵却没接招，只轻轻一闪，躲了过去。这时，小九的火球攻到了面前。

　　骷髅兵躲闪不及，只好挥刀砍了过去。火球在半空爆开，强大的冲击力震倒了骷髅兵。

　　火星四溅，莫薇薇抬手挡住自己的脸。突然有什么东西砸到了她的胳膊，紧接着哐当一声，那东西落到了她脚边。

　　她定睛一看，顿时吓得头皮发麻，后退了好几步。

　　昏暗的光线下，骷髅兵的半截手臂正躺在不远处，指骨还紧紧握着长刀，好像随时都会动起来，再次砍向他们。

　　这骷髅兵承受不住小九的火球冲击，被打断了一条手臂！

　　"什么玩意儿。"加灵一脸嫌弃地踢开了白骨。

　　"刚刚那骷髅兵是从中间的主墓室找到机关，打开门出来的，我们躲进去试试。"文文一边低声喊着，一边向主墓室跑。

　　"对啊。这玩意儿打不死，只能躲。我们进去找到机关，把门关上。"莫薇薇一下子明白过来。

　　五人快速跑进了主墓室。

　　主墓室空间不小，除了正中间放着一口巨大的棺椁和一只双头木制镇墓兽之外，再无其他摆设。

　　莫薇薇小声跟善友描述了一下墓室环境，之后，几个人放轻脚步，沿着墙壁窸窸窣窣地摸了一圈，却并未找到开关之类的东西。所有人不由得把目光投向了那个诡异的兽形木雕。

　　那木制的镇墓兽兽头被涂了鲜红的漆，两个鹿头相背。加灵上前扳了扳那两个鹿头，竟然可以转动。

　　"这也不是吗？"莫薇薇心急如焚，紧张得满头大汗。

　　"只有它像机关了，再不行就要开棺了！"加灵不死心，又来回扳了几下，门依旧没反应。

众人心里一阵失望，正准备研究棺椁，突然一阵脚步声响起。众人往门外看去，那骷髅兵不知何时竟然又"复活"了，断臂也重新接了回去。

他们的行动惊动了骷髅兵，现在骷髅兵正提着刀冲过来，已经快到门口了。加灵把所有的希望都放在镇墓兽的两个鹿头上了。

她猛地左转转右转转，当两个鹿头相对的时候，她的耳边传来吱吱啦啦的摩擦声。

墓室的门动起来了！

而这时，骷髅兵一个猛冲，眼看就要进入主墓室了，文文连忙用莲花笛吹出一股巨大的水流，将骷髅兵冲了出去。与此同时，门关上了。

终于安全了。

众人惊魂未定，身体瘫软地跌坐在地上，都没说话。

缓了好半天，加灵才开口问："我们现在怎么办？前面没路了，打开门又会碰到那骷髅兵。"

善友道："路在棺材里。"

其他人都是一惊，连忙看向墓室中间的那口棺椁。

"啥？你该不会想跟我说，打开棺材后，出现的会是一个楼梯吧？"加灵挑着眉毛故意挖苦善友。

善友淡淡地回复道："没错。"

其余众人："……"

莫薇薇心想，从未听说过棺材里有楼梯的。

"你是如何得知的？"文文一脸严肃地看向善友，"既然骷髅兵解决了，我们可以继续刚才被中断的话题了。"

墓室内又是一阵沉默。

刚刚文文在耳室里质疑善友是故意引他们过来的，他来此处是别有目的。莫薇薇也觉得善友知道的事情太多了，连棺椁里有路都清楚。

善友没打算隐瞒，坦然道："你说得没错，我的确不是在找出口。"

莫薇薇本能地靠近文文。善友想把他们带去哪里？

"那你在找什么？"加灵问道。

善友说道："我告诉过你们的，波罗奈国的子民正处于水深火热之中，我寻找的是救民之法。"

"救民之法怎么会在雷神的陵墓里？"莫薇薇问。

"等等，我还没问完呢！"加灵话里带着气愤，"文文说，你是故意引我们过来的，你到底居心何在？"

"我本是要独自前往陵墓，谁料你们跟了上来。正如你们所见，我看不见，陵墓中危险重重，几位看样子又有些本事，我只好引导你们帮我在这陵墓里寻找救民之法。"善友道，"至于陵墓里的信息，被囚禁在雷泽乡的这段日子里，我早就打听到了。"

原来是这样。

"陵墓里一般只有钱财和宝物，你说的救民之法难道就是金银财宝？你的国家国库亏空？"文文冷静地问。

"没错，但我不取不义之财，即便是他雷神的东西，我也不会拿。"善友道。

"你这人好奇怪，一边说救民之法在陵墓里，一边又说不为陵墓里的财宝而来，这不是自相矛盾吗？"加灵拧着眉毛道。

这时，半天没说话的小九突然道："你们别再问了。善友虽然一路引着我们过来，但从没伤害过我们啊，你们干吗对他有那么大的敌意？"

听了这话，文文把矛头指向了小九："还有你，小九，刚刚我就在怀疑一件事，你是不是很早以前就认识善友了？"

闻言，众人又是一惊。善友更是觉得惊奇。

"只要他有难，你就紧张无比。你身为一国护法，为了救他，公然破坏祭典，我认为你不只是见义勇为。"文文大有打破砂锅问到底的架势。

小九见文文死死地盯着自己，只好硬着头皮说："我们……从小就认识。"

什么？四人全都震惊了。

知识注解

> **棺椁**：指棺和椁（古代套于棺外的大棺），也泛指棺材。
> **镇墓兽**：古人用于镇墓辟邪的随葬品，多为兽体鹿角，常见于战国楚墓。湖北天星观一号楚墓出土过漆木彩绘双头镇墓兽，为国家一级文物。

善友和小九的故事（一）

"你是何人？"善友诧异地问道。

小九看着他，低声说道："我是……阿虎。"

闻言，善友身体一僵，表情凝固住了。

"你、你……是阿虎？"善友一副震惊的样子，轻声道。

加灵感到不可思议："等、等一下，什么阿虎？你不是开明兽，叫小九吗？"

小九低着头，看上去有点儿委屈。

许久之后，他才缓缓说起了他和善友的故事。

许多年前，波罗奈国还是一片四海升平的繁荣之景，百姓们安居乐业，无忧无虑。而善友便是在这太平盛世下长大的太子，当时他还小，只知道玩乐，童年无比欢乐。

那日，他被宫人带着出去游玩，在一处深山中，他发现了

一只瘦小且羸弱的小动物趴在地上奄奄一息。小动物橙色的毛发中夹杂着点点黑斑，仔细一看，竟然是只幼虎。

善友正要把那只幼虎抱在怀里，旁边的宫人立刻大呼小叫道："哎哟，我的太子啊，可别脏了您的手，还是让奴才来抱吧。"

善友却推开了宫人的手，坚定地说道："众生平等，这只幼虎就要死去了，怎能计较何人来抱？你让开！"

"可是，您贵为太子……"

"让开！"善友平日虽温和，但也很执拗。

最后，还是由善友亲自抱着那只垂死的幼虎回了宫。

幼虎在睁开眼的那一刻，看到了一张和蔼可亲的笑脸和一双温柔的眼眸。它认得这个人，是他救了自己。

善友不仅请来宫中大夫为它诊治，还每日悉心照料它，定时喂它食物，给它梳毛、洗澡。

幼虎的身体状况渐渐好转，也一天天地长大了。终于有一天，它心智开窍，神识开启。

它听到那人说："大夫说你的身体已经痊愈了。我是这个国家的太子，叫善友，你叫……嗯，你应该没名字吧？不如，

我就叫你阿虎，如何？"

有了新名字的阿虎开心得不停地转圈，蹦蹦跳跳的，还凑过去亲昵地在善友的脸颊上蹭了蹭。

见阿虎喜欢他取的这个名字，善友很开心，抱着它温柔地笑了。

就这样，善友和阿虎一起快乐地成长着。

谁知有一天，和平安乐的波罗奈国突遇敌袭。敌人千军万马，气势磅礴，呼啸而来。火箭雨点般飞入城墙内，大军压境，烟尘滚滚。

善友虽然年幼，但他知道自己身为太子，保护国家责无旁贷，于是拎着一把破木剑就冲出了寝宫。就在他快要冲到前线时，宫人终于找到了他，抱着他的腿不撒手："太子殿下，您还小，不能去战场啊！"

善友大怒，拼命想要甩开宫人的手："这是我的国家，有敌人入侵，我为何不能前往杀敌？！"

"您还小。听老奴的，波罗奈国会没事的。您的父王已经派了最强的军队去杀敌了。"

"不行。国家兴亡，匹夫有责！我身为太子，岂能躲在后

宫畏缩不前！"

善友执拗起来谁都劝不动，可这事关乎生死，那宫人怎么也不肯松开善友。

就在这时，不知从哪里飞来一支箭，眼看就要射中善友，宫人欲起身替他挡住，却根本来不及。

突然，箭被一个火球击中，刹那间化成灰烬。

善友和宫人俱是一惊，转头一看，竟是阿虎喷出的火球！

它居然是火属性的神兽！

阿虎的嘴里还冒着火焰与热气，正大口喘着气。看上去这一出击给它的身体造成了不小的负担，毕竟它还年幼。

善友忙把它揽进怀里："阿虎，你快走。"

阿虎却不听话，就像他一样执拗，死活不肯挪动脚步。

"太子，您回去的话，它便会回去了。"宫人提醒道。

善友实在没办法，往远处一看，果真如宫人所言，波罗奈国大军已经抵挡住了外敌的入侵。他权衡之下，只好先将阿虎带回了宫中。

大战持续了三天三夜。

波罗奈国大胜。

之后，这场大战便成了老百姓茶余饭后经常讨论的话题。

有一日，善友带着阿虎漫步在大街上。

阿虎看看这个，看看那个，对一切都觉得好奇，不自觉便落后了几步。

走在前面的善友突然见到一个熟悉的身影正跟几个富家子弟热闹地聊着什么，走近了一看，那竟然是自己的亲弟弟——恶友。

恶友正跟那群富家子弟吹牛，他鼻孔朝天，道："你们不知道，那日战斗激烈，马上就要打到我的寝宫门口了。还有几个小兵想趁乱暗杀我，简直可恶。"

富家子弟们一脸惊讶，有人问："然后呢？你是怎么逃出来的？"

"嘿，还不是因为我有一只神犬。敌人快接近寝宫的时候，它大吠，提醒守卫戒备，这才没让那些人溜进来。"恶友吹嘘着他的狗。

"哇，你的狗这么忠心护主啊！了不起！我家的狗只会啃骨头，太没用了。"一个富家子弟道。

恶友听了很高兴，仰天大笑："哈哈，没错，我的狗是世

界上最好的宠物。"

这话被年轻气盛的善友听到，他心里自然不服，立刻上前争论道："你胡说！"

闻言，所有人都看向了他。

恶友平时就看哥哥不顺眼，觉得哥哥天天将道德仁义挂在嘴边，是个十足的假正经。

恶友这会儿见哥哥反驳自己，更是气不打一处来，对着哥哥大吼："谁胡说了？！那么多侍卫、宫人都看见了，我的狗衷心护主，我还能骗你不成？"

"我是说，你的狗不是这世上最好的宠物，我的宠物才是。"善友一脸严肃道。

"哈哈，笑话！你哪里来的宠物？给我瞧瞧，别就会吹牛。"

跟上来的阿虎正好听见这话，于是愤怒地冲了过去，站在善友面前，当下就从嘴里吐出了一圈火焰。

那火焰不仅能任它控制，看上去威力还很大。

众人都惊呆了。有人磕磕巴巴地道："这、这是火属性的神兽。善友，你从哪里得来的？"

　　善友根本不屑告诉这群人，只让阿虎撤了火焰，对他们道："反正，我的阿虎才是最好的宠物，也是最厉害的。"

　　谁能想到，那时的年少轻狂会造成之后的种种恶果。

善友和小九的故事（二）

善友的弟弟恶友那日在大街上见到了阿虎后，瞬间便觉得他的狗不好了。那算什么神犬？连他哥哥的那只火属性神兽的一条尾巴都比不上，简直太逊了！

善友的神兽能喷火，他的狗只会叫。

他越想越气，越想越不顺心。于是，他下定决心，要把阿虎据为己有！

他怂恿父王和母后给自己找一只跟哥哥的阿虎一样的神兽。国王和王后一开始还由着恶友的性子，遣人去找，但没找到。恶友不依，要求继续寻找。没过多久，他们就认为恶友不懂事，不乐意帮他找了。

弟弟便借机开口要善友的阿虎。

国王和王后不愿意再纵容任性自私的恶友，坚决不答应。

于是，恶友便越来越痛恨他哥哥了。

他大声吼道："你们就是偏心！你们只喜欢我哥哥！"

国王很生气，对着恶友怒骂："荒唐！那本来就是你哥哥的神兽，谈何偏心？"

恶友见要不到阿虎，心里就想着也别让他哥哥独占阿虎。

他眼珠子转了转，想到了一个法子，于是对国王道："那行，我不要了。不过这神兽，哥哥也不能独占。"

"你又想干什么？"国王怒发冲冠道。

"父王，前段时间敌军压境，我们虽然打了胜仗，但是也不能放松防备。若是把哥哥的神兽充公，当作我们波罗奈国的神兽，再找个驯兽师好好训练，等它长大了，充分发挥火属性的威力，敌人再来侵犯我国时，大家就不会再怕了。"恶友一副大公无私的样子。

其实这孩子哪里会想着什么国家大义？他不过是想着，自己得不到的东西，他哥哥也别想得到罢了。

国王的心思都放在了国家大事上，冷不丁听到这个主意，觉得有些道理，自然不会过多揣度他的心思。

于是，国王立即找到了善友详谈此事。

善友知道这背后是谁在搞鬼，当时便不乐意了，反对道："父王，我不同意！您总跟孩儿说，那些在街边卖艺、被人耍来耍去的猴子可怜，可如今您又视阿虎与那些卖艺的猴子有何不同？"

"你这孩子……"国王被噎住了。

"总之，我是不会让阿虎当波罗奈国的神兽的。即便它有异能，也应与寻常动物一般自由快乐地生活。父王请回吧。"

见善友眼神坚定，脾气固执，国王气得胡子一翘，袖子一甩，扭头就走。

可是，在国家大义面前，国王怎么会容忍自己的儿子如此任性？

国王还是不肯放过阿虎。恶友也自然不肯放弃，仍是一有机会便溜进善友的寝宫，企图把阿虎偷走。

事情愈演愈烈，善友知道，他与阿虎要分开了。

那天晚上，他抱着阿虎在城郊看着夜空的繁星，和它说了很多小时候的故事，说着说着，便再也说不下去了。

"阿虎，你长大了，不需要我照顾了，走吧。"善友放下阿虎，转过身子冷冷地说道。

　　阿虎的眼睛瞪得溜圆，它焦急地凑了过去，拼命蹭着善友的腿。它还以为是自己做错了事，惹得善友不高兴，忙向他道歉。

　　善友知道阿虎的性子像他一般执拗，不管他怎么劝说它离开波罗奈国，阿虎都不会走的，就像那日面对千军万马，面对箭雨，它坚定地站在他身边保护他一样，丝毫不肯退让。

　　所以，善友无视阿虎的亲昵、撒娇和卖萌行为。他咬紧牙，狠下心来，低着头，闭着眼睛不去看它。

　　善友痛下决心，一定要赶它走，让它远离这是非之地。

　　从来都是温柔待人的善友，此刻突然怒吼道："你给我滚啊！你听不懂我说的话吗？我不需要你了，我不想养你了。滚啊！"

　　阿虎愣在原地。它睁大眼睛，浑身颤抖，四足下意识地往后退了半步，一副受伤、惊恐的模样。

　　善友没看它，他怕自己后悔。察觉到阿虎还没有走，他又吼了一声："滚！永远不要再出现在波罗奈国！"

　　阿虎顿了顿，扭头跑开了。

　　这个国家，它来的时候一身伤，离开的时候，竟然也是。

　　墓室里一片安静。

这个故事虽然是小九在讲，但很多细节是善友补充完整的。

善友没想到，这么多年后还能与幼时的玩伴重逢，更没想过，他那么凶地把阿虎骂走了，如今阿虎……哦不，是开明兽，开明兽还会冲出来保护他，把他从那道天雷下救出来。

果然，阿虎还是阿虎，即使换了名字，换了身份，也从未变过。

"既然是这样，你为何不跟我讲清楚啊？我愿意为波罗奈国奉献自己的力量啊！"小九哭着大喊道。

善友的一双眼睛被蒙在白布之下，虽然看不到他的眼睛，但是莫薇薇能感觉到他也在哭。

"不，你根本不懂。那时的波罗奈国太弱了，若是全仰仗你的火属性能力，恐、恐会害你丢掉性命。但他们谁会关心你的性命？人人都认为，你死在战场上也是应该的。"善友低吼道。

小九呆住了。

"你……是为了保护我。"过了一会儿，小九伸出手臂用力地擦拭脸上的泪水。

莫薇薇等人听完他们的故事，心情沉重。

"所以，小九从波罗奈国离开后偶然到了雷泽乡，因为具备火属性的能力，还会击鼓，就被那雷神选为左护法了，对吧？"

文文忽然开口问道。

小九吸着鼻子点头："嗯，雷神大人对我也挺好的，给我吃的，还给我官当。"

"既然你那么喜欢他，那你就回去继续当他的左护法吧。"善友突然阴阳怪气地来了一句。

小九立刻解释："不不，我不是那个意思。"

"好了，现在我终于知道小九为何要救你了。那么，你的国家，也就是波罗奈国，是因为那次大战，才国力大减，国库亏空的？"文文又问。

"没错，这也是我来这座陵墓的目的。"

龙王的宝珠

波罗奈国在经历大战之后，国力大损，国库日渐萎缩。

有一天，善友在市集上见到一个人正在杀一只鸡，善友错愕不已，问随从："这鸡弱小无力，他们为何要杀它？"

"太子啊，自从那神兽跑了之后，您便整天待在屋子里，久不出宫，自然不知民间之事了。"

这话一下子戳到善友心里的痛处，他连忙驱散回忆，又问道："难道这些鸡是用来吃的？"

"是啊，鸡虽然可怜，但百姓也要生活呀，而且杀鸡也能卖钱呀。"随从道。

善友心一沉，往前走了几步，又见到一个面黄肌瘦的老人瘫倒在茅草堆旁奄奄一息。

善友忙对随从道："快去给那位老人买点粥，喂给他吃。"

随从听令，立刻从附近的粥铺买了粥，喂给了老人。老人吃了粥后，气色看起来好多了。

善友没想到，他们国家还有连粥都吃不起的穷人。

从市集回来后，善友就跟国王说："我们国家有很多穷人吃不起饭，我想用国库的钱财和粮仓的粮食救济他们，这样他们就不会杀生，也不会饿着肚子了。"

国王叹了一口气，道："你以为朕不想救济他们吗？前几年的大战，咱们虽然赢了，但损失严重。而且国库的钱财和粮仓的粮食又不是取之不尽、用之不竭的。"

于是，善友犯愁了。没有钱和粮食，国家撑不了几年。

就在这个时候，一名随从告诉他："太子殿下，我听说远在东海的海域之下，有一座海底龙宫，若是能求得一颗龙王的宝珠，便可解此困境。"

"龙王的宝珠？"善友忙问。

"对于龙宫来说，那宝珠不过是一个寻常物件，但是到了人界，宝珠可就价值连城了。据说只要内心虔诚，不为利己，便可得到那宝珠。"随从道。

"太好了！只要有了那颗宝珠，便可以救波罗奈国的人民了。"

善友大喜。

不妙的是，善友在他的寝宫中与随从商议去龙宫寻宝珠一事，正好被扒墙头的恶友听到了。

恶友一直觉得他哥哥是故意把神兽放跑的，所以总是来骚扰哥哥。

他哥哥要的东西，他也要，而且要更多！他本就喜欢金银玉器，听说了价值连城的宝珠后，更是不会放过了。

于是，善友备船出海的那天，恶友带着几个随从，厚着脸皮上了船："我的亲哥哥，你这是要去找宝贝？怎么不带上你的好弟弟啊？"

善友皱眉道："我找宝珠是为了救百姓，又不是为我自己，你跟着我干什么？不管怎么样，那宝珠都不会到你手上。"

又来了！他哥哥又是一副假正经的模样。

"我偏不！我就要去！"恶友耍起了无赖，一屁股坐在船上不走了。

善友拿他没办法，又不能把自己的亲弟弟扔进海里，只好随他去了。

船离开港口，也不知道行驶了多少天才到东海海域。他们隐约看到远处的海域屹立着一座山。

恶友以为东海龙宫之上的山，是一座堆满金银财宝的宝山，于是招呼船夫快点儿往前开，还叫唤着："哥哥，前面那座山上一定有金子，我们搬空它。"

善友要被气炸了："不行！非我所有，不可擅取！"

"你这时候装什么假正经啊！有钱还不拿，你是不是蠢啊？"恶友骂他。

两人正争辩着，那船猛地一震，似乎撞到了障碍物，前进不得。

船夫也是从波罗奈国过来的，不了解这附近的海域，吓了一跳，战战兢兢地对两位皇子道："不对劲，不对劲，这海不对劲啊。"

"哪里不对劲？"善友忙撇下恶友，前往船头察看。

"无论我怎么开，船都无法继续往前走，好像永远都到不了前面那座山……难、难道是海里有海怪？"船夫惊恐地说道。

"你这老头儿别一惊一乍地吓唬人。你让开，我来开船。"恶友说着就要凑过去。

这船若让恶友来开，不知道会开到哪里去。善友自然一万

个不愿意。他立刻冲了过去，要从恶友手里把船舵夺回来。

恶友以为他哥哥要阻止他去山上取宝贝，立刻跟善友厮打了起来，嘴里大叫："你干吗？放手！你就是不想让我独吞山上的宝物，对吧？"

"你不要以小人之心度君子之腹！"善友大怒道。

两人扭打在了一起，恶友手里的东西打到了善友的一双眼睛。

善友疼得龇牙咧嘴，大叫一声，鲜血登时从他的眼中流了出来。善友眼前一片漆黑，什么也看不到了。

雪上加霜的是，船身突然剧烈摇晃起来，紧接着，善友摔倒在船板上。

善友听到了众人惊恐的叫声。

"啊，那是什么怪物?!是、是海妖啊！"

"那、那是什么东西？巨大的神龟？"

"快跑啊！再不跑，这船就要被海妖掀翻了！"

在一片混乱之中，善友感觉到一股猛力将他们的船瞬间击散架了。

善友坠入了海中，隐约听见了弟弟和随从的对话。

"二皇子殿下，我们快走吧。"

"走！快走！"

然后，他便不省人事了。

之后，他记得自己被一位叫"青蟹将军"的海底族民救了，那青蟹将军还好心地将他送回了岸上。

他双目失明，只好用白布蒙眼，靠一根木棍摸索着四处流浪。后来，他来到了雷泽乡。

"等等！"莫薇薇觉得善友讲的这段故事异常熟悉，立刻问道，"你是说，在龙宫海域附近，船无法前行，还碰到了一只长得像乌龟的海怪？"

"根据当时的情形和船上人的描述，是的。"善友道。

莫薇薇、加灵和文文相互交换了一个眼神，他们都想到了。

"善友，看来这东海龙宫你是去不了了。"莫薇薇难过地说。

"为何？"善友急了。

莫薇薇告诉善友，龙宫海域隶属神山章尾山，烛龙在此设了结界，还让旋龟镇守，不准外人靠近。

善友的脸沉了下来："原来是这样。其实，我在雷泽乡的时候，已经打听到了这个消息，没想到是真的。不过，我已想

到了不从海上走，也能到达龙宫的方法。"

　　众人屏息听着。

　　善友道："既然从海上无法靠近，那就从地下走。因为地底不受烛龙的法术影响。所以，通往海底龙宫的唯一道路，便在这地下陵墓里。"

　　众人恍然大悟。

　　原来这就是善友来这里的目的。

知识注解

　　敦煌壁画故事《善事太子入海品》：宝铠国有一对兄弟：哥哥善事，弟弟恶事。宝铠国百姓困苦不堪，于是，善事欲乘船去东海寻宝珠救民。恶事从小嫉妒善事，便一路跟着善事去东海。善事取得宝珠后，恶事伤了善事的眼睛，夺取宝珠，逃回国内。后来，善事四处漂泊，遇到了善解人意的公主，并回到了宝铠国，弟弟恶事也受到了惩罚。

第 **80** 集

棺中路

莫薇薇脑中灵光乍现，她对善友说："之前说起竹简的时候，你就提到过龙王的宝珠，那时你以为竹简里记载的价值连城的东西是宝珠吧？"

善友点头："我第一时间确实是这么想的。"

"善友时刻想着百姓，就算遇到了价值连城的东西，第一时间想到的也是百姓。"小九自豪地说道。

莫薇薇心想，难怪当时提起竹简的时候，这两个人都不太对劲。

"对了，你刚刚说，前往龙宫的路就在地下陵墓里，这也是在雷泽乡打听到的？"文文忽然想起这件事，忙问道。

"没错。谁知道打听到这些信息后，我就被雷神抓了起来。"说到这儿，善友脸上现出愠色。

"对啊，你不是被雷神抓起来，要遭受天罚了吗？这到底是怎么回事？"加灵插话道。

"因为我在雷泽乡四处打听龙宫和宝珠的事情，引起了雷神的注意，因为……"善友顿了顿，"他也想获得宝珠。"

"什么？"众人大吃一惊。

"是因为宝珠的事情传到雷神的耳朵里了？"莫薇薇连忙问道。

"我想他大概早就知道宝珠了，所以倾尽国家财力，修了这座陵墓。一是为了将自己的宝物全藏起来，二是方便他去龙宫寻宝珠。"

"怎么会？"小九轻轻摇头。他从没想过雷神大人会觊觎宝珠。

"我还知道他每隔一段时间就会命人来这陵墓底下的深海处搜寻。他们走的是暗路，这陵墓修得精巧，肯定还有我们不知道的机关。"善友道。

"没错，从刚刚的滚石机关来看，我们头顶上还有一层，说不定还有千千万万的密道呢。"文文分析道。

"我知道了。因为寻求宝珠的路上突然来了一名竞争者，

雷神怕有人跟他抢，所以当雷泽乡有人反映自己的东西被偷之时，他便借此事栽赃善友。这样，他就能合理地把善友关起来，不让善友行动了。"莫薇薇想到这里，气得眼中简直要喷火。

这雷神也太过分了！

"没错，他故意把偷窃的罪名栽赃给我，好自己独吞宝珠。因此，才有了你们看到的那一幕，也就是我被人押着上了祭台，等着受天罚。"善友愤愤不平道。

"他居然……"听到这里，小九咬牙切齿地闭上了眼睛。

这么多年，他信任的到底是一个什么样的人啊！他到底在为什么样的人卖力啊！

"那我的钱袋被怪影子偷走这件事，你有没有线索？"加灵又问。

"我倒是可以帮你分析。"善友道，"刚刚我提到了雷泽乡的夜叉族，不过没有讲完。其实，夜叉族很擅长控制影子。"

"啊！"莫薇薇惊呼一声。

众人吓了一跳。加灵忙问："怎么了？"

莫薇薇忙跟大家解释："听善友这么一说我想起来了，刚才那骷髅兵与我们大战的时候，我就发现骷髅兵脚下的影子跟身体行动频率不一致，就好像是影子先动起来，身体再跟着行动一样。"

"我知道了，是夜叉族控制影子附身在骷髅兵身上，而不是骷髅兵复活了！"加灵大叫。

停顿了片刻，加灵又道："也就是说，我们刚来雷泽乡，经过那片密林沼泽时碰到的怪影子，是夜叉族弄出来的。"

"没错。我甚至可以断定，从我们进入雷泽乡开始，便被夜叉族盯上了。搞不好，他们专门用影子偷途经此地的商人的钱袋。"文文道。

"刚刚箱子里的那些，就是被偷走的钱吧——"莫薇薇问道。

"难道这也是你们雷神大人的命令？专门派夜叉族偷百姓和过路商人的钱？"善友满脸怒意地看向小九。

小九摇头："我……也不知道。"

"你就别逼他了，估计小九心里现在也乱着呢。"失散多年的好朋友好不容易见面了，莫薇薇不忍看他俩再吵起来。

"一定是他，不然这些东西不会出现在他的陵墓里。"加灵道。

"雷神要这么多钱干什么？"文文陷入了思考。

"反正一定不是什么正经事。若我像他那般富有，绝不会把钱乱花在每年的祭典上，更不可能用来修陵墓。简直浪费！"善友咬牙切齿道。

莫薇薇这才明白过来，善友反感雷神，不仅因为治国之道不同，还因为雷神乱花钱吧？

唉，波罗奈国有那么多难民，雷泽乡却富得流油。

"总之，我打听到的信息便是，我们面前的这口棺材就是通往深海的路。"善友向前摸索，触到墓中的那口棺材。

"我此行一定要求得宝珠，不然愧对波罗奈国的百姓。"善友又道，"你们一路陪我到这里，我感激不尽，若有报答之日……"

善友话还没说完，加灵道："嘿，既然都陪你到这里了，也不怕再陪你走一段路咯。"

然后，善友感觉到其余的人也向他这里走了一步，没有人想要退缩。

"你们……"善友心里感到一阵温暖。

"我们一起继续前进。"众人道。

"谢谢。"善友露出了笑容。

五人凑到棺材前，仔细打量着封闭的棺材。那棺材工艺精湛，棺盖上雕着精致的花纹，看上去打这一口棺材就要花不少钱，这雷神是真的奢靡啊！

"棺盖上没有棺材钉的痕迹，棺缝也没有封，要不……我们直接推开？"莫薇薇小心翼翼地问小伙伴们。

"你这会儿倒是不怕了啊。万一一推开棺盖，就从里面跳出来一个僵尸、一群骷髅头，还有个紫脸大妖怪，怎么办呀？"加灵看着莫薇薇，故意吓她。

莫薇薇扯了扯嘴角："你的想象力可真丰富……"

莫薇薇没信，小九倒是信了，脸色都变了，他吞了吞口水，往后一退："不、不会是真的吧？"

加灵见终于吓到人了，忙咧嘴一笑："真的哦。"

"好了！正经点儿！"莫薇薇小声提醒爱搞怪的加灵。

几个人商量了一番，决定一起推开棺盖，但费了老大的劲都无济于事，棺盖愣是纹丝未动。

这……是怎么回事？

"这棺盖根本推不动啊。"加灵抱怨道。

文文和善友紧皱着眉头，思考问题所在。莫薇薇也仔细地观察着这口棺材，突然，她发现了一个古怪的东西。

第 81 集
真假雷神

　　她发现棺盖上那些精致的雕纹中，有一处雕的是麒麟，而麒麟的眼睛竟然是用一颗黄色宝石镶嵌的，不仔细看都发现不了。她试着摸了摸，那宝石竟然能按下去。

　　"麒麟的眼睛能按下去。"

　　众人连忙拥过去看。可他们盯着棺材许久，都没有任何动静。

　　"我还以为是个机关呢。"莫薇薇失望极了。

　　其他人也垂头丧气。善友却说道："未必不是。麒麟眼是否为黄色？"

　　"这你都知道？"加灵叹服。

　　"麒麟、青龙、白虎、朱雀、玄武是五行神兽，放于墓中可镇墓辟邪。麒麟属土，居中央，对应的正好是黄色。大家可以找找，看有没有其他四颗宝石。"善友道。

可刚刚他们找关门机关的时候就在墓室里仔细找了一遍，墙壁上是找不到了，只能继续在这棺材上找。

几个人围着棺材仔细找其他图案。

莫薇薇在棺材最底下的暗角处找到了青龙雕纹，青龙的眼睛是个绿色的按钮。

"我找到了，这里有青龙图案，眼睛是绿色的按钮。"莫薇薇道。

除了善友外，剩下三个人正好在棺材另外三个暗角找到了三个图案。

"我找到了白色的宝石。"文文指着白虎的眼睛说道。

"本神鸟找到的是红色的鸟眼。"加灵也找到了朱雀。

"我也找到了，黑色的。"小九找到的自然就是玄武。

善友点头道："我猜测这应该是个五行机关，需要同时按下去方可启动。我们正好五个人，我来按棺盖上的这个，其余的交给你们。我数一二三，大家一起按下按钮。"

"好！"

"一、二、三！"

五人同时按下按钮，而后快速退开。

只听轰的一声响，棺盖开始慢慢移开，等到它完全打开，众人忙簇拥到棺材前。

莫薇薇和小九屏息凝神，生怕里面真有妖怪和骷髅头。

"啊！"加灵突然大叫一声。

"怎么了？怎么了？"莫薇薇慌忙捂住了眼睛。

"真的是楼梯。"加灵惊讶地说。

棺材里真的像善友说的那样，是一阶一阶的楼梯，一路向下延伸至黑暗中。

加灵觉得非常新奇，正要爬进棺材里，却被文文一把拉住。她回头，看见文文将手指放在嘴前，示意她不要说话。

众人都安静下来，仔细一听，楼梯下面竟传来啪嗒啪嗒的脚步声，正在快速地向他们冲来。

天哪！真有妖怪啊！

他们手忙脚乱地想把棺盖移回去，然而脚步声越来越近，似乎快到跟前了。五人合力推着棺盖，就在它将要闭合的时候，一只紫色的手从棺材里伸了出来。五人只一愣神，那手就用力一推，推开了棺盖。

"啊！"众人大叫着挤在一起，加灵和文文忙挡在前面。

那紫色的手缓缓伸出，紧接着一个紫色的脑袋从棺材里冒了出来，一个凶神恶煞的紫脸怪爬了出来。

真的有紫脸怪啊！加灵这张破嘴。

莫薇薇和小九抱在一起大呼小叫着。

文文一脸淡定地说道："这人好像在哪儿见过。"

"这不就是瘦了的雷神吗？就是穹顶壁画里画的那个去了中原的人。"加灵震惊地说道。

听到这话，莫薇薇和小九冷静了下来，打量着紫脸怪。

不对……那壁画上的人不是以前的雷神吗？现在的雷神明明是个大胖子啊，不可能才那么一会儿不见，就瘦成这样了啊。还有，即便能瘦那么快，他又为何突然出现在这里？

众人越想越觉得头皮发麻，瘆得慌。

莫薇薇正百思不得其解，文文说道："他不是雷神。"

不是雷神？那他是谁？

紫脸怪原本警惕地盯着他们，听了文文的话，赶紧说道："我是雷神，我才是真雷神啊！"

什么？！众人大惊。

"我才是真雷神。外面那个是我那大逆不道的弟弟。"自

称真雷神的紫脸怪愤怒地说道。

"什么？雷神大人没说过他有哥哥啊！"小九下意识回应道。

紫脸怪悲愤地说道："勾结外人，谋权篡位，他如何敢说呀！"

五人都蒙了。莫薇薇试探着问道："你是说，你弟弟和外人勾结，抢了你的雷神之位？"

紫脸怪点头，又道："因为我们长相相似，他便将我关在此处，冒充我当雷神。"

小九大惊。他已经知道了雷神的本性，但万万没想到，他竟然这么坏，连自己的亲哥哥都害！

善友虽然讨厌雷神，但也不盲目相信别人所说的，他半信半疑地问："既然你说你是真雷神，总得有证据吧？"

紫脸怪平复了一下心情才道："你们能来到这里，应该已经见过我的黑影手下了吧？"

"什么?!"加灵大叫起来，"那个影子是你的人？夜叉族吗？"

"这到底是怎么回事啊？"莫薇薇的脑子也乱了。

紫脸怪叹了一口气："一切还得从当年那场政变说起。"

政变？除了善友，在场的其他人对这个词都很陌生，但莫薇薇知道政变是非常重大的事。

　　总的来说，就是有个很厉害的人为了自己当王，就造反把之前的王从王座上踢下来了……

　　紫脸怪开始说起了前因后果："当年，烛龙天神将雷泽乡交到我手上，还告诉我管理的方法，据说是他的好友所授。我一直按照那个方法管理着雷泽乡，雷泽乡也算安定祥和。但我那弟弟自打去过一次中原，就迷恋上了中原文化，百般劝说我效仿中原皇帝，用音乐治理国家，说只有那样，国家才能强大。我跟他说各国情况不同，不能随意效仿。"

　　善友闻言，像是遇到了知音，激动不已："他根本就不懂得治国之道，胡乱治理，雷泽乡早晚要出问题的。"

　　"所以我一直不同意。谁知他竟然怀恨在心，发动政变，夺了我的王位。"紫脸怪说到这里，情绪又激动起来，他深呼了几口气才平静下来。

　　"该不会就是善友之前说的夜叉族大战吧？"莫薇薇问道。

　　"没错。当时那场大战可谓血雨腥风，无数族民战死。之后他又杀害了不肯降服的数万族民。那些被迫归顺的，后来也因为难以忍受他音乐治国的荒谬举措，躲藏起来。一次偶然的机会，他们发现我被关在陵墓里，但无法解救我，只好暗地里

先筹钱，毕竟我要复位就需要钱。我和部下打算待时机成熟发动复位。"

莫薇薇总算搞清楚了，原来箱子里的钱是给真雷神复位准备的。

知识注解

　　五行神兽：木青龙、火朱雀、土黄龙、金白虎、水玄武。
　　政变：指统治集团中的少数人通过密谋，用政治或暴力手段等非正常途径实现权力转移的行为。

"原来箱子里的钱是给你的啊。"莫薇薇道。

"不过，据我所知，假雷神的人会定期来陵墓探索去龙宫的路，你们两拨人马没撞上吗？"善友问。

"他们把我关在这里，自然不会走这条路，八成是走其他密道……等等，你们也知道龙宫宝珠的事？"真雷神大惊。

"嗯，难不成……你和你弟弟都想要宝珠？"莫薇薇问。

"复位大业不可没钱！"

加灵这会儿便不高兴了，指着他的鼻子道："你偷钱本来就不对，还偷到本神鸟的头上了，又觊觎龙宫宝珠，那我可不能把你放出去，你就在这里待着吧。"

"别、别，几位大侠好说，好说。我只是想夺回王位啊。那珠子若你们也要，我绝不跟你们抢。"真雷神赶紧改口，神

情恳切地道。

"且不说偷钱这件事本就不对，等你用这种办法筹够了钱，雷泽乡早就没了。"文文一本正经地说道。

"偷钱也就算了，为什么要杀我们呢？那骷髅兵是你手下驱使的吧！"加灵瞪着眼睛，叉着腰，一脸不爽。

"竟有此事……或许他以为你们是来偷钱的吧？我代他向诸位道歉了。"真雷神歉疚地说道。

"那本来就是雷泽乡百姓的钱，你凭借这偷盗行为如何复位啊！百姓们知道真相后绝对不会喜欢你的。"莫薇薇正色道。

那真雷神叹了一口气，神情有些愧疚："对不起，我也是被逼无奈。你们放心，等我完成复位大业，定会将这些钱如数奉还给百姓，此后还会多多体恤百姓。"

"你说的话能当真？"善友一脸严肃地问他。

"绝无虚言！若有半句假话，便罚我永世困在这陵墓之中，再无见光之日。"真雷神目光一凝，认真地说道。

见他这样，几个人面面相觑，只好先相信他。

"那大家便化干戈为玉帛，此前的恩怨就此作罢吧。"善友也不知是惺惺相惜还是为何，一下子便谅解了真雷神。

　　真雷神拱手作了个揖，又道："今日多谢五位小友相救，他日若有所求，我定鼎力相助。"

　　"小事一桩。反正顺路嘛。"加灵得意地说。

　　"你们开棺，该不会是要去龙宫吧？"真雷神问道。

　　"你知道下面有路？那你怎么不直接从那里逃出去呢？"加灵不解地问道。

　　"那通道口被海水挤压着，我一个人如何推得开？再说，他与龙宫的人有来往，即便我能从此路出去，到了龙宫还不是插翅难逃？"真雷神如实说道。

　　"假雷神认识龙宫中人？"善友问道。

　　真雷神点头："当年政变，他借来了大批人马，我看其中就有不少虾兵蟹将，想来便是他向龙宫借来的。"

　　"可善友说，假雷神修这陵墓就是为了寻找深海龙宫所在之处……这么说他早就找到了。那他还叫人定期来这里做什么？"莫薇薇问。

　　"兴许他找到龙宫之后，发现宝珠并不能轻易获得，才在暗中谋划大计。说不定，就是多次偷偷通过这里去找龙宫的人

索取。"真雷神道。

"可要是当年政变之时他便已经找到了龙宫，还和龙宫之人联手篡位，那干吗还要修陵墓啊？多费钱啊！"加灵不满地说道。

"嗯，你倒是问到点子上了。我估计那会儿海底龙宫还是畅通无阻的，后来才突然去不了了。"文文道。

莫薇薇道："大概后来他发现了海面上行不通，才开始动工修陵墓，既能当藏宝室，又能通过这里去龙宫找人要宝珠，一举两得。"

众人厘清思路，安静了片刻。

"难道假雷神是找了龙王做帮手才打赢你的？"莫薇薇惊叹道。

"不该啊。假雷神修海底通道是为了找宝珠的，那也算是有求于龙王，龙王若是之前还帮助过他，那对龙王来说，与假雷神往来没有任何好处啊。"善友想不通。

真雷神紧皱着眉头，语气十分担忧："谁知道他与龙宫里的人做过什么交易。"

加灵大手一挥道："管他呢。反正不管怎么样，我们都是要去龙宫的，想那么多干吗？"

"小友此言差矣。若是我弟弟与龙王真有勾结，那龙王必定也非善类，你们几个孩子去龙宫，恐有危险啊。"真雷神试图劝阻。

"雷神大人，你放心吧，他们几个可厉害了。"莫薇薇一脸骄傲，接着说道，"我们这就前去龙宫，你可以从这里出去了。对了，你知道这陵墓的出口吗？"

"部下会带我走的，我终于……能出去了。那你们几个此去龙宫千万小心。"真雷神道。

"放心吧。"莫薇薇道。

莫薇薇等人告别了真雷神，顺着棺材里的楼梯一路往下走，等走到尽头，脚下赫然是一扇坚实的铁门。

这就是海底通道的入口了。

他们往外推了推，门外确实有极大的阻力。于是，加灵、文文和小九齐心协力对着那道门重重一击，嘭的一声，门应声而开，与此同时，海水猛然涌入，将五人冲上去很长一段距离。

　　莫薇薇等人忙屏住呼吸，紧接着一阵笛声响起，文文已经为他们弄出了结界。

　　这次的结界紧贴着身体，全身像是被包裹在一层水膜里，却又能呼吸自如。

　　"这是我新学会的结界，比之前的泡泡更方便行动，正好你们帮我试验一下效果吧。"文文说道。

　　"这样就跟在陆地上没什么两样了，文文，你可真厉害！"莫薇薇满脸崇拜地看向文文。

　　"师父，你太厉害啦！什么时候也教教我吧！"小九看着站在上一级台阶处的文文，感觉他的形象更加高大了。

　　文文被夸得脸一红，连忙偏过头假装冷静地对小九说道："走吧。"

　　"好。现在我们就向着龙宫，出发！"加灵热血沸腾，一马当先，走了下去。

　　海底通道是用冰建造的一级级向下延伸的台阶，晶莹剔透，踩在上面就像直接踩在水里一样。

　　他们沿着台阶一路向下走。

　　过了许久，就在他们快要筋疲力尽之时，加灵突然指着前方大叫："是龙宫！"

众人向远处看去，隐约可见幽蓝的海水深处，矗立着一座富丽堂皇的巨大宫殿，在流动的海水的映衬下，看上去更加神秘莫测。

他们终于到龙宫了！

龙宫映入眼帘，莫薇薇等人顿时忘记了疲累，加快步伐朝前走。

渐渐地，龙宫的模样变得清晰起来。它的正门是用贝壳建造而成的，门墙和柱子也是用贝壳一片片垒砌起来的，门头屋角上的贝壳还精心地向上弯成飞檐翘角的样子。

门头正中挂着一块牌匾，上面写着"龙宫"二字。门前两个手持三叉戟的虾兵正睡得东倒西歪。

龙宫的守卫不行啊！

他们正想叫醒虾兵，一个声音从龙宫里传来："天啊！我还当看错了呢，还真是你啊！"

竟是一只拿着大铁锤的青蟹。

他侧着身子横行到他们跟前，又转回身子面对着善友说道：

"我说你小子啊，我好不容易把你弄到岸上去，你怎么还自己跑下来了？"

善友一听这话马上明白了，眼前这位正是把他拖上岸救他一命的青蟹将军。

"多谢将军的救命之恩。我今日来此，是有事相求于龙王。"善友拱手作揖道。

"龙王陛下？那真不巧，他被天帝叫去过生辰了，还不知道何时能回来呢！"

"啊？那我们不是白来一趟了吗？"加灵大叫起来。

"这……要不你们过段时间再来吧。"青蟹将军有些为难。

波罗奈国局势危急，而且往返龙宫也很麻烦，善友自然不愿放弃，他恳切地说道："将军，实在是我所求之事万分紧急，敢问龙宫中还有其他可做主的人吗？"

莫薇薇脑中顿时闪过一个人。就是他了。

"你们五皇子在吗？找他应该可以吧？"

"五皇子？"加灵立马反应过来，"对啊！我们可以找龙小五啊。"

"你们认识五爷？"青蟹将军问道。

莫薇薇骄傲地指着加灵道："这位就是你们五爷的偶像，大名鼎鼎的歌神加灵。"

青蟹将军一听这话，两只突出的眼睛瞪得老大："你是歌神加灵？天啊！歌神大人莅临龙宫，五爷一定高兴坏了。快快快，你们快跟我来！"

于是，莫薇薇他们就在青蟹将军的带领下进了龙宫。

小九听闻加灵的身份惊叹不已："你、你竟然是歌神？好厉害啊！"

"那是。我们五爷的偶像，能是一般人吗？"青蟹将军一脸骄傲地插话。

加灵似乎听惯了这些溢美之词，并没有多大的反应，只好奇地打量着龙宫。没想到有生之年，她一个天上飞的还能来到海底龙宫。

龙宫建筑全都屋顶高耸，是在原有屋顶的基础上再往上叠了两层渐次变窄的屋顶，而且三层都建造成飞檐翘角的样子，显得宏伟又独特。

屋顶最高处以及地面的灯台上都放置着夜明珠，照亮了整座龙宫。到处都是五颜六色的珊瑚，在幽蓝的海洋中显得更加绚丽。

青蟹将军带他们一路往东，穿过一条条回廊，来到了龙宫深处的一座宫殿前。

"你们先在此等候，我去禀告五爷，他马上就会飞奔过来的。"说完，他就欢天喜地地横着进了宫殿。

他前脚刚走，不知从哪里突然传来一声响亮的"杀"，紧接着便是乒乒乓乓的声音。

莫薇薇一愣："这是怎么了？"

"好像是刀剑相交的声音，听上去人还不少。"文文道。

加灵竖起耳朵仔细听了听，说："好像是从我们来的方向传来的。"

"可是刚才没看到有什么人打架啊。"小九说道。

"或许……不是打架，是打仗。"文文道。

"打仗？"莫薇薇惊呼一声。好端端的，怎么会打仗？

"我们过去看看。"加灵说完就往回冲。

龙宫很大，他们在回廊里绕来绕去，愣是没看到一个人，打斗的声音却不断地传过来。奇怪的是，整个龙宫却没有丝毫

震动的感觉。

加灵想不通，飞了上去，紧接着她就指着东北方向大喊道："在那里！"

原来龙宫东北角有一处广阔的空地，但因为它和宫殿群之间有高高的岩石和珊瑚做隔断，所以他们在宫殿的回廊里看不到那里的情况。

"加灵，你看看哪里能过去。"莫薇薇大喊。

加灵沿着岩石墙来回飞了一遍，终于指向东面的一处岩石喊道："那边有个门洞，你们往那边跑。我先飞过去了。"

她说完就飞到了岩石的另一边，莫薇薇等人也赶紧跑向门洞。

加灵才落地，就有一把长戟险擦着她的脖子刺过来。她愣了愣神，很快就反应过来，愤然一个回旋踢，将那虾兵踢出去好远。

这时又有虾兵上前攻击她，加灵拳脚并用，将他们打得落花流水。

龙宫的守卫战斗力未免也太弱了吧。

莫薇薇等人刚穿过门洞，就迎面撞上一个虾兵。他捂着胸口，眼圈被打得乌青，只瞥了他们一眼就落荒而逃。

逃兵？

再看眼前黄沙莽莽、尸横遍野的惨状，他们一时间瞠目结舌。这里怎么突然就打起仗来了？而且都打成这样了，青蟹将军和龙小五也不出来管管？这太奇怪了。

莫薇薇想要走过去，但几乎没有下脚的地方。她非常小心地挪着步子，还是不慎摔倒在地。

"薇薇，你没事吧？"加灵忙跑过去扶她。

莫薇薇正要说没事，却感觉手上湿湿的。她低头一看，满手都是黏腻的猩红，再往旁边看去，只见地上躺着一个虾兵。她慌忙爬起，紧紧地挨着加灵。

他们正要上前察看，突然一个声音从前头传来："还有活的？"语气中竟透出点儿不耐烦。

他们循声看去，隐隐约约看见一个娇小的身影从黄沙中走过来，看上去是个和莫薇薇一般大的女孩，但她一身铠甲，手上还拿了把大刀，浑身透着浓浓的杀意。

加灵和文文忙把其他人挡在身后。

小女孩一步一步慢慢地走向他们，莫薇薇仔细地看了看，

发现她的额头上竟有两只龙角。

她是龙族？

手上拿着大刀……难道……这些人都是她杀的？

她为什么要杀龙宫里的人？难道是想趁着龙王不在……

造反？

第 **84** 集

龙宫闹剧（一）

小女孩突然举起刀，朝他们冲了过来。

加灵一个飞踢过去，小女孩愣了一下，接着反应极快地向旁边躲开了。文文吹响笛子，一股水流像绳子一般缠绕住了小女孩。

"你是鱼？竟敢在我龙宫玩水，班门弄斧。"小女孩手指动了动，那股水流就被她操控了，转而缠上了莫薇薇他们，将他们四个牢牢地捆在了一起。

"你放开他们！"加灵一拳攻了过去。

小女孩却转身挥了一刀，加灵慌忙躲开。小女孩一个劲儿地拿刀横扫，加灵没有武器，节节败退。

莫薇薇本来心急如焚，但见小女孩砍了好一会儿都没有砍到加灵，攻势似乎也并不猛烈，倒像是在玩闹一般，总觉得哪

里不太对劲。

过了许久，小女孩突然不耐烦地大叫起来："你有完没完？"

"你杀了这么多人，现在还要杀我，我还想问你有完没完呢！"加灵吼了回去。

小女孩眉眼间闪过一丝疑惑，又大喊道："是你先踢我的！"

她举着刀冲向加灵，加灵也不甘示弱，飞起一脚踢了过去。正当两人要打到一起时，有人大吼一声："住手！"

小女孩和加灵都打了一个激灵，下意识地收了力量，却还是因为惯性撞到了一起，摔了个四仰八叉。

龙小五一挥衣袖，黄沙瞬间散去，他和青蟹将军都被眼前的景象惊呆了。四个人被捆住，两个人摔倒在地，还躺了一地的虾兵，真是一片狼藉。

"天！我去叫五爷这会儿工夫，你们到底都干了些什么啊？"青蟹将军震惊地喊道。

加灵从地上爬起，指着小女孩愤愤地说："小五，就是她杀了你们龙宫这么多人。"

龙小五大吃一惊，表情僵了片刻，一脸难以置信："加、加灵歌神，你怎么会来这里？难道你的演唱会今年要在我东海

龙宫举办吗？"

众人："……"

莫薇薇忙对龙小五道："龙小五，现在情况紧急，待会儿再跟你细说。"

龙小五再仔细一看，被小女孩困住的几个人居然是莫薇薇他们。

还没等龙小五弄明白这些乱七八糟的事儿，那小女孩大怒着插话道："这人突然踢我，简直莫名其妙。"

加灵不甘示弱："明明是因为你杀了人。"

"谁杀人了？"小女孩一脸诧异道。

"好你个杀人凶手，敢做不敢认是吧？"

"污蔑！你才是杀人凶手！"

"还想栽赃给我？我分明是正义的使者！"

"呸！不要脸，本公主还是正道之光呢！"

"公主？"五人同时惊呼。

龙小五扶额叹了一口气："好了，先别吵了。你们也都别躺着了，该干吗干吗去。"

他话一说完，本来躺在地上的虾兵竟然"复活"了，一个

接一个从门洞走了出去。

"哎哎哎，我还没演完呢，你干吗让他们走？"小女孩叉着腰怒视龙小五。

龙小五瞪了她一眼，袖子一挥，就解开了捆住莫薇薇四人的水流绳子，又跑到加灵跟前问道："歌神，没伤着你吧？"

加灵一脸茫然："小五，这到底是怎么回事啊？"

"这是我的妹妹小龙女。我父王的万岁生辰马上就要到了，她刚才是在排戏呢。"龙小五解释道。

莫薇薇想了想刚才那浩大的场面，不解道："刚刚那是排戏啊？那演出的时候，戏台子站得下吗？"

"这里便是龙宫的剧场，整片空地都算戏台。"龙小五献宝似的对加灵说，"虽然此处装修简陋，但若是歌神愿意献唱一曲，定能让此处闪闪发光。"

加灵环视空地，这是极空旷的一大片沙地，四周围了一大圈岩石高墙，岩石上有无数排大大小小的洞，最下面一排全是大洞，里面还放着张开的贝壳，贝壳中铺着软软的坐垫。想必岩石上的这些洞都是观众席，而贝壳就是其中的贵宾座。龙宫剧院的设计当真是前所未见。

龙小五见加灵迟迟不回答，以为她还在生气，于是皱着眉头对小龙女怒斥道："还不快向歌神道歉！"

"我不要！她还想打我呢。"小龙女断然拒绝。

"你还想砍我呢。咱俩谁过分？"加灵立马反驳。

"我、我哪里知道你不是演员啊。"

莫薇薇这下全明白了。

怪不得小龙女刚才看到加灵的时候还愣了一下，应该是发现加灵并非龙宫中人，当她是没见过的演员，之后虽然拿刀乱挥，也没有真的去砍加灵。后来大概是发现加灵不是演员，又被她惹急了，才根本不问他们这些闯入者是谁，干脆和加灵真打起来。

莫薇薇想到龙小五也是那么情绪化，妹妹还挺像哥哥的。

莫薇薇连忙上前劝说道："算了算了，都是误会嘛，大家也算不打不相识啊。"

小龙女背过身去，一副不太乐意和好的样子。加灵倒是抱着胳膊大气地说道："算了，她还是个孩子，我就不跟她计较了。"

小龙女一听又急了："你说谁是孩子呢？"

"你闭嘴。歌神都原谅你了，你差不多得了啊。"龙小五

嫌弃地打量着她，似乎是在研究她哪根筋搭错了，"你不是不喜欢看戏吗？这次怎么演得这么起劲？"

"你管我。反正在爹爹的生辰宴上，被夸的一定是我。"小龙女自信满满地说道。

龙小五干笑几声，道："来来回回排了这么多年了，再排不好，我都怀疑你是不是父王在外面捡的。我和父王那么喜欢戏曲，你倒好，一点儿戏曲天分都没有。"

"啊？我觉得演得挺好的呀，我们都当真了呢。"莫薇薇一脸真诚地说道。

"你看吧，你看吧，群众的眼睛是雪亮的。"小龙女心花怒放道，"再说了，我这可是场大戏，当然要排很久啊。"

"大戏？因为人多？"龙小五阴阳怪气地反问道。

"当然不止。没想到你懂戏，却不懂历史。我演的是唐隆政变。"

"你知道唐隆政变？"莫薇薇大吃一惊。

"不就是一个中原皇族子弟和公主一起造反的故事吗？"小龙女骄傲地说道。

莫薇薇暗暗叹服。这个小龙女看上去年纪不大，竟然懂历史，还把复杂的历史改写成了戏本，又演得以假乱真，真是厉害。

　　不对，这中原的事情，小龙女怎么会知道？难不成跟假雷神有关？假雷神果然与龙宫的人暗中搭上了线？

知识注解

　　唐隆政变：唐隆元年（公元 710 年）六月二十日，当时的临淄王李隆基和太平公主于帝都长安城共同发起宫廷政变，以李隆基杀了韦后、安乐公主，并彻底剿灭了韦氏集团势力告终。

龙宫闹剧（二）

文文沉着脸思索了一会儿，突然问道："公主是你来演，那皇族子弟呢？"

"我已经找人帮忙了，等爹爹生日的时候就到，到时候一定惊艳全场。"小龙女挑衅地看了一眼龙小五，然后昂首挺胸地往宫殿方向走去。

龙小五摇头，叹了一口气，对莫薇薇他们说道："咱们别站在这里了，五爷我设宴，为歌神，还有歌神的朋友们接风洗尘。"

加灵连忙说道："等一下。小五，其实我们来龙宫，是有事相求的。"

龙小五一拍脑门："瞧我这记性，青蟹将军刚才跟我说过的。歌神请讲。"

加灵指着善友道："这位是我的朋友，波罗奈国的太子善友。

波罗奈国自从经历了一场战争之后，就一直国库空虚，现在百姓都吃不上饭了。龙宫不是有很多宝珠吗？我听说那些珠子对龙宫来说没什么用，在人界却价值连城。可不可以请你帮帮忙，给他一颗珠子，以解他国家的燃眉之急啊？"

"在下一定不会白拿，五爷有何吩咐都可告知在下。"善友诚恳地说道。

"金银珠宝这些东西在我龙宫多如牛毛，多而无用，既然你是歌神的朋友，给你当然是没问题的，不过呢，我有个条件。"

"五爷请讲。在下一定竭尽所能，赴汤蹈火，在所不辞。"善友坚定地说。

龙小五看了看善友，见他是个手无缚鸡之力的盲人，笑道："你能帮我做什么呀？我是想请歌神在我父王生辰宴上献唱一曲，不知歌神意下如何？"

"当然没问题。"加灵爽快地答应了。

这时，还没走远的小龙女突然惊慌地大叫一声："啊！"

众人连忙跑过去。

刚才龙小五下令之后，虾兵们都纷纷离场，唯独其中一个虾兵仍然躺在地上不动，且面色苍白，身上血迹斑斑。

"我喊了他半天都没反应。"小龙女脸色非常不好。

"不是在演戏吗？不会真闹出人命了吧？"莫薇薇一阵后怕。

文文仔细察看了一番，说道："人还活着，只是昏迷了。伤在左肩，看伤口形状应该是三叉戟所伤。我先为他治疗。"

"三叉戟？"龙小五不敢相信地重复道。

"三叉戟乃龙宫虾兵所持的兵器，难道是我的手下干的？天啊！怎么会呢？"青蟹将军瞪大了眼睛，也不敢相信。

"会不会是排戏的时候不小心伤到了？"莫薇薇猜测道。

"不可能。为了防止误伤，我特意做了道具。你们看。"小龙女递上手中的大刀。

莫薇薇用手在刀刃上试了试，不仅钝，还有点儿绵软，确实不能伤到人。

"排练之前我还说了好多次，让大家仔细检查道具，演的时候随便耍耍就行了。而且这戏排到现在，从来没出过差错。"小龙女辩解道。

"刚才其他人走的时候，为什么都没人注意到他啊？"加灵问道。

"因为排一场戏的时间太久了，演完之后睡着的大有人在，他们可能以为他是睡着了。"小龙女答道。

"喀喀喀……"虚弱的咳嗽声引起了众人的注意。才一小会儿，文文就把受伤的虾兵给救醒了。

众人围了上去，龙小五蹲下问道："发生什么事了？"

那虾兵气若游丝："有一个人用的……不是道具，要不是……这位女侠打跑了他，可能还会有……更多弟兄……遭殃。"

众人大惊，竟然有人想借着演戏杀人！

龙小五对加灵的好感再次增加，他感激地说道："多谢歌神，否则我龙宫恐有大祸呀。"

"举手之劳。不过，你们还是搞清楚凶手是谁比较好。这实在太过分了！"加灵愤愤不平地说。

"我想起来了！"小九大叫，"我们刚才过来的时候，不就撞到了一个虾兵吗？那个人慌慌张张的，一定有问题。"

莫薇薇恍然大悟："那个虾兵的眼睛乌青，应该就是被加灵打的。十有八九他就是凶手。"

"小五，你赶紧派人在龙宫里找找吧，这人没准儿有什么

坏心思呢。"加灵道。

"好！青蟹将军，你这就派人全面搜查龙宫上下，务必将此凶手捉拿归案。"龙小五命令道。

"是！"青蟹将军转身就走，却撞上了一个着急忙慌跑过来的小虾兵，两人摔在地上疼得直叫。

"我还没下命令呢，你都不知道发生了什么事，慌什么？"青蟹将军大吼道。

那小虾兵慌慌张张地说道："不、不是啊，将军，外、外面一大群兽族把龙宫包围起来了。"

龙小五闻言，连忙把受伤的虾兵交给了来通报的小虾兵，几人飞奔向龙宫正门，远远便看见乌压压的兽族军队在龙宫外铺排开，声势浩大。站在队伍最前面的是一个熟悉的肥硕身影。

那假雷神居然追过来了！

假雷神见他们走近，用极细的嗓音大笑着打招呼："公主殿下，好久不见啊。旁边这位气度不凡的公子，想必就是五爷吧？公主殿下提起过您。哟，国师和左护法也在啊。刚才我的手下说他被龙宫里一个没见过的兽族高手给打伤了，想必就是你们中的哪位吧？"

莫薇薇一下就反应过来，那个"逃兵"是假雷神的人！假雷神竟然在龙宫安插了卧底，他为了宝珠还真是不择手段啊。

"国师？左护法？"龙小五眯起眼睛看向莫薇薇等人。

"才不是。我们不熟。"加灵立刻否认。

"具体情况很复杂，现在没时间讲清，不过我们跟他绝不是一伙的。"莫薇薇诚恳地说。

龙小五了然，冷冷地看着假雷神："少套近乎！你包围我龙宫，是何道理？"

"五皇子别生气啊。我只是来履行约定，帮公主演戏的。"假雷神笑呵呵地说。

"他怎么一副跟你很熟的样子？难道说龙宫里和假雷神搭线的是你？"莫薇薇问小龙女。

"搭线？搭什么线？"小龙女听得一头雾水。

"你的戏本是假雷神给的吧？唐隆政变也是他告诉你的？"文文补充道。

小龙女点头道："是啊。那时我正好需要一个戏本，他刚好找上门了，你说巧不巧？我虽然不懂戏，但我感觉爹爹一定会喜欢那个戏本的，所以我就答应了。"

龙小五已经被气得说不出话来了。

文文又问："你都不搞清楚他究竟要干什么，就把虾兵蟹将借给他吗？"

"我又不喜欢戏，而且那时候离爹爹的生辰还早着呢，我就让他自己排了。"

"……"

他们大概知道那场发生在雷泽乡的篡位政变究竟是怎么回事了。

龙宫大战（一）

　　即便小九平时傻乎乎的，看到陌生人，他也知道提防一下。这公主也太好骗了吧！莫薇薇不禁腹诽。

　　善友也不拐弯抹角了，直言道："你被骗了，公主殿下。演戏什么的都是假的，这一切都是他的阴谋。"

　　假雷神特别喜欢看他们被自己愚弄的样子，慢悠悠地说道："公主殿下，不要听他们胡言乱语！戏本当然是真的，我今日也是特意来演戏的，不信你问问我的手下们。"

　　"是！"假雷神的兵卒大喊道。

　　小龙女脑子里一团乱麻："啊？你们在说什么啊？"

　　莫薇薇解释道："他根本就没想帮你演戏，他只是拿了个戏本骗你，从你那里借来虾兵蟹将发动政变，争权夺位。他的雷神之位就是这么来的。"

"你们在胡说八道些什么！我本就是雷神，争什么权夺什么位啊？"假雷神还在嘴硬。

加灵大骂道："你这个虚伪小人不要再装了。我们早就见过真正的雷神了，他把一切都告诉了我们。"

假雷神见阴谋被揭穿，瞬间变脸："果然是你们放走了他。我尊你们几个为国师，你们竟然吃里爬外！"

他怒火中烧。当他的手下来禀报海底通道被打开时，他便猜到是善友来找宝珠了。那么多机关都让他们给破了，他们还放跑了真雷神，实在可恶！就算让他们受天罚，也难消他心头之恨。

假雷神重重地击响羯鼓，轰的一声巨响，顿时千军万马向着龙宫奔来。文文忙取出莲花笛吹起来，一个巨大的结界将龙宫罩住，敌人被挡在了外面，疯狂地敲打着屏障。

小九看着结界外乱糟糟的人群，心里乱成一团。他先前已经知道了"雷神"的真面目，如今亲眼见到其阴险行径，更觉得悔恨交加。这些年，他竟然一直服从于这样一个狼子野心的虚伪小人，错付了自己全部的赤忱！

小龙女这会儿也害怕起来了："他这是要干吗呀？"

"看这架势，怕是真要上演政变了。"文文说，"五皇子，我的能力有限，这个结界支撑不了太久，你快想想办法。"

龙小五当即下令："青蟹将军，速速集结龙宫全部力量，再派人通知父王以及其他龙宫！东海岂是他这种卑鄙小人撼动得了的！"

"属下领命！"青蟹将军立马行动起来。

"五皇子好大的口气啊！希望过一会儿你还有这等自信。"假雷神隔着结界扬了扬手里的戏本，阴险地说，"这戏开场了，哪有停下来的道理啊？我把下半本戏本带来了，咱们也别耽误时间，排完一并给龙王陛下祝寿啊。哈哈哈……"

他话一说完，手下们就开始用各种灵力攻击结界。

"下半本？什么下半本啊？"小龙女似乎并不知情。

"难道是先天政变？"善友有种不好的预感，"那个中原皇族子弟通过唐隆政变夺得了权力之后，又发动了一场先天政变，谋害了公主。"

文文道："原来如此。大约是因为先天政变与谋害公主有关，假雷神又想借此攻打龙宫，所以根本没告诉你。"

"这不是过河拆桥吗？"加灵大叫。

"政治斗争的对错不能以人情来判断。"善友如是说。

莫薇薇无暇跟他们探讨戏本，她的脑子飞速运转，却一个办法都想不出来。

"一群废物！"假雷神看着像无头苍蝇一般猛攻结界的士兵，突然一击羯鼓，一道雷竟然穿过海水，直达结界，将它劈开了。

没了阻挡之后，敌军冲向龙宫，此时青蟹将军带领着虾兵赶到，双方登时混战开来。

但没过多久，龙宫就损兵折将，元气大伤，而假雷神的战力却消耗甚少。

"这样下去不行啊。"莫薇薇心急道。

"自烛龙大神设下结界以后，东海与世隔绝了数十年，兵将都疏于训练，更何况事出紧急，毫无准备啊。"龙小五说道。

"加灵、小九，我们去帮忙。"文文道。

"好！"

说罢，三人就冲进了战场。加灵拳脚并用，一下就撂倒了一大片敌人；文文用莲花笛吹出巨大的水柱，将假雷神的士兵冲倒在地；小九的火球攻势更是猛烈。三人合力，才一会儿工夫，假雷神的军队便现出颓势。

假雷神见状，对小九喊道："左护法，自你年幼之时我便许你护法之职，你位高权重，屡屡犯错，我都不予追究，你如今与我为敌，岂非忘恩负义？"

小九想都没想，立马回道："你害了自己的哥哥，还伤害善友，我不可能再为你做事了。"

假雷神死死地盯了他许久，忽地眯起了眼睛。

莫薇薇正观察着战况，突然见空中有什么奇怪的东西朝着小九的背部飞去。

"小九！后面！"她大叫着提醒。

小九连忙转身。冷光映入他的瞳孔，一支长箭疾速朝他冲了过来。那箭已近在咫尺，就算小九速度再快也躲闪不及。箭直直地扎进了他的胸膛，又洞穿他的身体，他倒在了地上。

"小九！"莫薇薇等人大声喊道。

善友看不见现场的情景，但听到他们的呼喊，也大概猜到发生了什么事，抬腿就往外冲去。

龙小五一把拽住他："你不能去。"

"放开我！"善友执拗地往战场跑。

"善友，你冷静点儿，小九一定不、不会有事的。"莫薇薇越说越没底气，小九这次确实伤得不轻。

莫薇薇看向战场，此时那里仍旧杀声震天，可就是不知道那支箭到底是从哪里来的。少了小九这员大将，他们很快就处于下风。一时间龙宫的虾兵们哀声不绝。善友更加激动了，执意要冲出去。

"小九伤得很重，昏过去了。"是文文，他吃力地背着昏迷的小九飞了过来。

善友的心被紧紧揪起，他紧抓住小九的手，自责不已。要不是为了帮他，小九也不会来到龙宫，不会遇到这些事，更不会伤成现在这样！

一切都因他而起！

"这个假雷神竟然这么狠心，对小九都能下这么重的手！"加灵气愤地大叫。

"小九是我们几个里面最厉害的，所以假雷神才会先对他下手，好把我们一网打尽。真是太卑鄙了！"莫薇薇也很生气。

　　小龙女目睹假雷神的所作所为，悔恨交加。她正要冲上前去找假雷神拼命，一道白光闪过，霎时众人面前光芒四射。过了一会儿，光芒渐淡，原来是龙小五变身成了白色飞龙。

知识注解

　　先天政变：这是唐朝发生的一次重大宫廷事件，因为发生在先天年间，所以被称为先天政变。延和元年（公元 712 年）八月，唐睿宗传位太子李隆基，自己退为太上皇，改元先天。713 年，太平公主图谋政变，李隆基等人先发制人，诛杀太平公主党羽，赐死太平公主。亦有争议认为，太平公主阴谋造反之事不实，李隆基为清除政敌、获取实权，诬陷太平公主。

化身为白色飞龙的龙小五盘旋在龙宫前，怒斥假雷神："既是针对我龙宫，那便冲我来，伤害无辜之人做甚！"

"五爷不愧是五爷，胆识过人。"假雷神拈着兰花指，啧啧称赞。

"闲话少说。"龙小五冷哼一声，让虾兵蟹将退下。

假雷神也不多话，一挥手，他的士兵们就举着刀枪剑戟杀向龙小五。龙小五吐出一口气，狂风四起，一下就将假雷神的大部队吹了出去，只有体形庞大的假雷神仍站在原地岿然不动。

但被吹远的士兵们立马重整旗鼓，竟然匍匐在地上，再次朝龙小五发起进攻。龙小五冷冷地看着，长尾一扫，就将他们掀得人仰马翻。

假雷神重重地一击羯鼓，一道雷电劈了下来。龙小五张开

巨口，喷出一道更强大、更迅疾的雷电迎击，将假雷神的那道雷电吞噬殆尽，进而朝他劈了过去。假雷神连忙避开，他原来站立的地方却被劈出一个黑色的大窟窿。

紧接着，龙小五怒吼一声，整个海底响起了轰隆隆的闷雷声，海水都震颤起来。他不断地以雷电攻击假雷神。假雷神慌忙躲闪着，可他体形庞大，很是吃亏，就算躲避得足够迅速，还是时不时有雷电擦着身体过去。几番下来，假雷神累得直喘粗气，身上也多处挂彩。

龙小五嗤笑："呵呵，竟敢在龙族面前用雷，不知天高地厚。"

雷神却不慌不忙道："五爷教训得是，不过对付你，我可有万全之策。"

他的话音刚落，兽族士兵们就推上来一辆辆木车，车上的箭头闪闪发光。小九就是被这种箭射伤的！原来雷神先前用他庞大的身躯挡住了木车，这才暗伤了小九。他在玩阴招。

"这、这是什么东西啊？"加灵大声叫道。

"似乎和墨家机关术异曲同工。"文文皱眉道。

莫薇薇向善友描述着武器的模样："那些木车上装了三把弓，最前面的两把弓是正对着我们的，后面的一把却是反向安装的。

还有，所有弓的弓弦全都连到了一根粗绳子上。"

善友立刻反应过来："是车弩。车弩原本只有一张弓，三张弓的应该是改进之后的车弩。那根粗绳子是牵引绳，绞在木车的滚轴上，由数十人共同控制滚轴。只要滚轴一松，三张弓就会合力发射，威力和射程都会增加数倍。"

莫薇薇倒吸一口凉气，难怪那支箭能直接洞穿小九的身体。

此时的龙小五尚不知道车弩的威力，只觉得怒火中烧，他暗想：竟然拿这种东西来对付我，实在是目中无人。

假雷神一声令下，便有万箭齐发，那些箭矢比普通的箭矢要粗得多，像极了标枪。

龙小五又吐了一口气，狂风吹动着车弩和士兵，士兵们成群结队地围在车弩旁边，尽量压低身体，不让自己和车弩被吹跑。那些已经射出的箭矢迅疾地破空前行，只有零星的几支打了横，被吹了回去。

"怎么回事？大多数箭好像没受影响啊！"莫薇薇震惊道。

"箭的速度越快，就越不容易受风的影响，而车弩射出的箭，速度更是惊人。五皇子这招并不能奏效。"善友道。

龙小五也意识到了这一点，他开始不停地甩着尾巴，阻挡飞来的箭矢，一时间也顾不上掀起狂风了。那些士兵趁机又接连发射了几轮长箭。箭矢源源不断地射出，尽数朝龙小五飞去，堪称遮天蔽日。

虾兵蟹将们连忙出动，欲保护龙小五，但无奈箭矢又多又快，他们转瞬便死伤无数。面对越来越多的箭矢，龙小五的眼睛都快看花了，只能盲目地来回地甩动着尾巴。但刚才发动雷击已经消耗了他不少法力，又抵抗了这么久，他越发觉得力不从心，动作难免迟钝下来。

"龙小五好像快撑不住了。"莫薇薇焦急地喊道。

"这么多箭，就算我和文文一起上也帮不上什么忙，反而还会被扎成刺猬。"加灵也急了。

渐渐地，龙小五招架不住了，他的体力快耗尽了。为避免更多的族人遭殃，接下来，他做了一个消极而无奈的决定，俯身将小龙女和一众虾兵蟹将紧紧地护住。

文文明白他的意图，连忙吹起莲花笛形成结界，可射来的箭矢又快又密，很快就穿透了结界，扎进了龙小五的身体。虽然结界削弱了箭矢的力量，箭矢没有像洞穿小九的身体那样直接洞穿龙小五，但龙小五也被扎得遍体鳞伤。

"哥哥！"小龙女看着身受重伤的龙小五，泪流满面。

龙小五看着她，眼神温柔，像是在安慰她，最终虚弱地闭上了眼睛。

假雷神得意地大笑："原来东海龙宫五爷，竟也如此不堪一击。哈哈哈哈哈……"

小龙女悲愤不已，举起手里的长刀就朝假雷神冲去。这一刻，她多么希望这不是道具啊。

假雷神根本不把她放在眼里："公主殿下，按照剧本，你该认输了。"

他不屑地将她拎起，轻轻一甩，就将她甩飞了。

莫薇薇等人脸色大变。假雷神对龙宫宝珠图谋已久，此次自然准备充分，每一步都像是算计好的，连常年征战的龙小五和武力高强的小九都败下阵来，接下来单凭他们几个，该怎么办才好啊？

看着龙宫一片惨状，想到宝珠唾手可得，假雷神不禁大笑起来。

刺耳的笑声回荡在龙宫上空，听得加灵直冒火，她飞身冲了出去。

"加灵！"莫薇薇拉扯不住，只能干着急。

加灵一脚踢向假雷神的脑门，将沉浸在胜利喜悦中的假雷神踢倒在地，摔得地面剧烈一震。

假雷神马上起身，怒道："国师，你若及时悔改，朕可以给你个活命的机会，你可想清楚了！"

"你少做梦了！"加灵抡起一拳打了过去。

假雷神震怒不已，但加灵始终在他身边飞动，他无法使用羯鼓，只好用手臂肆意横扫。加灵迅速躲避着，时不时还踹他几脚。

只一会儿工夫，假雷神的耐性就被耗得一点儿也不剩了，他突然用力横扫了一圈。即便加灵足够灵活，面对突然袭击，也还是措手不及，被假雷神打中翅膀，重重地撞在龙宫坚硬的门头上。

"加灵！"莫薇薇和文文连忙跑过去扶她。

加灵被摔得昏昏沉沉，整个身体像是散了架。假雷神乘胜追击，敲响羯鼓。霎时间雷声大作，天罚雷降了下来。文文赶紧背起加灵往龙宫里跑，可雷电过于密集，他们已来不及脱身。

莫薇薇和文文面如死灰，无处可逃了。

"下地狱去吧！哈哈哈……"假雷神放声大笑起来。

莫薇薇看着逼近的耀眼白光，绝望地闭上了眼睛。就这样结束了吗？她还没找到爸爸，也没回去见妈妈呢。

知识注解

车弩：古代战具，在战车上置弩，用以发出箭矢。

龙宫大战（三）

　　等了一会儿，身上并无疼痛感传来，却听到爆破的声音震彻海底。莫薇薇睁眼，发现雷电已经停歇，周围黄沙弥漫。

　　他们……没死?!发生了什么？

　　耳边传来脚步声，一个高大的身影越过他们，往前走去。

　　沙尘逐渐变得稀薄，显露出假雷神被火球烧得漆黑的模样。他无比震怒，待看清楚来人，却大惊道："左、左护法？你竟然没事？"

　　眼前的人正是小九。他的伤口原本已经被文文上药包扎好了，但此时布条又染上了鲜红的血。

　　"小九，你还不能乱动。"文文急切地叫道。

　　小九却不理会，只是默不作声地在假雷神面前站定。

　　莫薇薇看着他的背影，感觉他浑身杀气腾腾。

假雷神知道天罚雷不足以对付小九，也不费那个力气了，直接一拳打了过去。谁知小九飞身一跃就跃上了他的胳膊，他慌忙甩动胳膊，小九却抓着他的衣服往上一荡，正好跳到了他的肩上，接着一脚踢向他的喉结。假雷神吃痛，咳出一口鲜血后，忙朝自己脖子拍了一掌。

而此时他的目标早已落地，正一脸阴鸷地看着他："你重伤小九，小爷今日定要将你碎尸万段，以解小爷心头之恨。"

小爷？这个称呼……好像有点儿熟悉。

莫薇薇顿了几秒后，立刻反应过来是怎么回事了。难怪小九刚刚受了那么重的伤，现在却跟个没事人一样，还能战力爆表。

因为这是小九的大哥。他们兄弟之间换过来了！

小九大哥说完就朝着假雷神发出好几个巨大的火球，但都被假雷神躲开。假雷神想伸手抓他，也频频扑空。

士兵们看着开明兽在假雷神四周来回跳动，担心发射弩箭会伤到假雷神，一时间站在原地不知所措。

莫薇薇突然意识到什么，她大喊："抢羯鼓。那是假雷神所有的战力。"

假雷神闻言，狠狠地瞪了莫薇薇一眼，他正要揣好羯鼓，一低头，腰间就已经空了。

开明兽果然速度惊人，即便受伤了也没掉链子。他把玩着手里的羯鼓，重重地拍了下去。咚咚咚的鼓声响起，霎时间召来滚滚天雷，尽数朝着假雷神劈去，范围之大，足以让假雷神无处可躲。

莫薇薇等人满怀期待地看着，可接下来的一幕完全出乎他们的意料。假雷神只站在原地不动，那些雷电也不偏不倚地全都劈到他的身上，可不仅没有对他造成伤害，反而像是泉水一般流进了他的身体里。

他竟然把天罚雷吸收了。

"哈哈，你们以为天罚雷对朕有用吗？朕可是雷神啊，还会惧怕雷电不成？"

士兵们马上高声喊了起来："雷神大人万岁！雷神大人万岁！"

"不用这玩意儿，小爷也能打扁你。"开明兽咬牙切齿，将羯鼓朝莫薇薇那边一扔，便抡起拳头向假雷神打去。

假雷神张开手掌对准开明兽，一道雷电从他手中射出。开明兽大惊，慌忙闪避。两人你来我往地对抗着，一时间僵持不下。

　　莫薇薇见那假雷神一脸得意地坏笑，疯狂对着开明兽展开攻击，不由得怒道："你这假雷神，先是用戏本哄骗小龙女，骗她借兵给你，好篡权夺位，现在还来攻打龙宫，实在太可恶了！"

　　那假雷神非但没觉得自己做了错事，还放肆大笑："你们几个闯入我的陵墓不说，还放走我哥哥。你们在我雷泽乡闯了那么多祸，我还没来得及找你们算账呢！"

　　莫薇薇不服气，跟他隔空对骂："你不囚禁你哥哥，我们又怎么会放他啊？"

　　"我囚禁自己的哥哥，关你们屁事啊！"假雷神咆哮起来。

　　莫薇薇虽然没有战力，但是她能吵架。

　　"我们就是看不惯你骗人。你这么对待自己的哥哥，还蓄谋攻打龙宫，抢宝珠，你总是谋取本就不属于你的东西。"

　　"你你你你……你这个臭丫头，要不是你们打乱我的计划，我还要精心准备一段时间呢！若不是你们突然放走我哥哥，我又怎么会急着发兵攻打龙宫？"假雷神被莫薇薇说急眼了，直接把自己的心里话给交代出来了。

　　"好家伙，你这假雷神，还把发兵攻打龙宫这口锅甩在我

们头上了！"莫薇薇感到不可思议，瞪着眼指着他骂。

"废话少说！既然这大局都被你们几个臭小孩给破坏了，我今日就必须拿到宝珠！"假雷神一边说着，一边不忘攻击开明兽。

就在这时，一阵声势浩大的呐喊声由远而近，只见海底通道上出现黑压压的人群，仔细看去，似乎全是夜叉族族民。等这群夜叉浩浩荡荡地拥过来后，莫薇薇看清了领头那人，正是真正的雷神！

真雷神带着夜叉族族民赶过来了。

"老弟，你囚禁我这么长时间，可有悔恨？"真雷神怒发冲冠，指着假雷神大骂。

"不悔。我当日便说了，我们要向那中原皇帝学习，建立音乐大国、艺术大国，谁让你不同意？若是你同意，我也不会起兵造反。"假雷神毫不示弱地吼了回去。

"放屁！每个国家有每个国家的气运和擅长的领域。若都像你那般任性治国，我雷泽乡还要不要了？"真雷神吼道。

"我不管。我就觉得音乐艺术才是最有魅力的。我就要建立音乐大国。我今日必须拿到宝珠。"

"我绝不允许你继续放肆。我为了复位，发动夜叉族偷百姓的钱……我已经不配当国王了，但你也不配。你与我一同回雷泽乡向百姓请罪，让百姓再举荐一位新王。"真雷神语气狠厉，态度坚决。

"兄长，你是不是疯了？你要把咱俩一起关入大牢吗？"假雷神突然慌了神。

"没错。做错事情就要赎罪，快跟我回去。"

"我绝不！"假雷神道。

既然一个个都要气死他，就别怪他心狠手辣了。

假雷神心里想：无论如何，今天就是强抢，我也要拿到宝珠，再用宝珠建成音乐大国。只要抢回羯鼓，我就不会输。

假雷神愤然指着莫薇薇，对士兵命令道："把羯鼓给我抢过来！"

莫薇薇连忙紧紧地抱住怀里的羯鼓。

士兵们忌惮羯鼓的威力，犹犹豫豫，迟迟不敢上前。

"没用的东西！"他咒骂着，自己扑了过去，却被开明兽拦住。假雷神抬手放出几道雷电，开明兽连续几个空翻躲开。

真雷神的手下也在此时攻了过来，转眼间夜叉族就和假雷神的队伍打得不可开交。可假雷神的士兵众多，而且个个都训练有素，还有强悍的车弩。反观真雷神率领的队伍，人数差得远了，都是帮他筹谋复位的夜叉族族民，即便再加上龙宫残存的虾兵蟹将，也不敌对方。

莫薇薇心急道："不行啊！真雷神的手下才那么点儿人，

怎么可能打得过啊！"

　　文文见状，连忙把昏倒的加灵放下，和开明兽一起攻击假雷神。假雷神狠厉地发出雷击，开明兽的火球原本可以抵挡得住，但他因为受了伤，这会儿实力减弱了不少，那雷电竟然击破了他的火球，直接将他击倒在地。

　　文文本想用水柱挡住假雷神的视线，谁知假雷神不管不顾地随意发射，水柱的威力本就不大，一道雷劈过来，文文也倒在了地上。

　　"文文！小九！"莫薇薇大喊。

　　"把羯鼓给我，饶你们不死！"假雷神沉声道。

　　莫薇薇把羯鼓紧紧地抱在怀里，警惕又怨愤地直视假雷神。

　　假雷神眯眼，抬手便对着莫薇薇击出了一道雷。莫薇薇一只手紧紧地抱着羯鼓，另一只手拉着善友往龙宫里跑。

　　"你无耻！"真雷神一边杀敌一边大骂道，"对几个孩子你竟也下此狠手。"

　　"兄长，别小看这几个孩子，他们可比你机灵多了。"

　　真雷神："……"

　　假雷神又轰了几道雷出去，莫薇薇回头看见耀眼的白光直直地冲着自己的眼睛飞来，她又一次感到自己离死亡这么近。可下一秒，善友突然将她往自己身边一拉，快速护住，接着莫薇薇便听到他痛苦的喊声。两人重重地飞了出去，摔在龙宫门前。

莫薇薇睁眼一看，善友的背上竟被雷劈开了一大片伤口，整个后背血肉模糊。他嘴里淌着血，脸色苍白如纸。

莫薇薇心里一酸，鼻子也是一酸。她知道善友是根据声音判断出他们身后有危险，才在危急时刻把她拉开，自己帮她挡住了雷击，保护了她！

"善友！"开明兽呐喊一声，心猛地一揪。

文文也大惊失色，咬牙切齿道："可恶！"

这时，开明兽胸中的怒火熊熊燃烧起来。他几乎用尽全身力气打出一个火球，将假雷神击倒。文文赶紧跑过去察看善友的伤势。

开明兽正要跑去看善友，却突然愣在了原地。他脑子嗡地一响，里面传来了小九的声音："大哥，善友出什么事了？"

小九的神识本在开明兽的身体里昏迷，方才大哥的一声惊吼，将他一下惊醒了。

"他受伤了，被假雷神的雷电击中，伤得不轻。"大哥在

神识中老实告知。

小九闻言，一下就急了："大哥，我要出去。我想看看他怎么样了。"

"你别胡闹。你从来都没有晕倒过，可见这一次伤得有多重。刚才是我没顾上善友，但是我向你保证，接下来我一定会好好保护他。你给我好好待在里面养伤。"

小九毫不犹豫地拒绝："我不，我一定要出去。我要自己保护他。你让我出去。"

"可你是最怕雷电的呀。不然祭祀大典上你也不会让我替你去救善友。"

闻言，小九突然沉默了。

他的眸光暗了下来，心中又疼又涩。他攥紧拳头，不甘心地低着头，好一会儿才喃喃道："我……真的很怕打雷，所以我既敬佩雷神，也……很怕他。"

大哥听着大脑里传来的声音，对小九说："你从前敬佩雷神，喜欢雷神，可那真的是发自内心的喜欢吗？不，那是惧怕，是怕被人再一次抛弃。"

小九闻言一怔。

"可我和你不同，我不喜欢那个雷泽乡的雷神，我一直都觉得你那是愚忠。你一直不清醒，我都要被你气死了。"大哥吼他。

"不……大哥，我已经知道那'雷神'的真面目了，所以我现在清醒了。从前我胆小、懦弱，因为被抛弃过，所以一直担惊受怕，就希望能有所依靠，但是……现在我知道，我不能总想着依靠别人。"小九道。

大哥一愣，听他继续说下去。

"因为我一直都很胆小，每次遇到事都是别人帮我顶着。从前我被恶友惦记，是善友保护了我；后来他差点儿受天罚，是大哥你替我去救他；甚至在陵墓里，我都是一直躲在别人身后的！我好像从没有靠自己的力量保护过想保护的人，一次都没有。我……我觉得自己好没用啊。"

大哥第一次听小九说这些，一时不知道如何回应。小九……这是在为自己的胆小而难过？他想变得勇敢？可是如果放手让他自己来，他能行吗？话又说回来，自己这个做大哥的虽然愿意护着小九，却不可能一直守着他，不能在他遇到危险时，随时出现在他的身边。如果小九可以变得勇敢，那他就是真的长大了，也就不用自己为他担心了。或许……可以让他试一试？

"遇到危险时，加灵总是冲在最前面，她还是个女孩子呢。师父不管碰到什么事，都很淡定，还会把所有人护在身后。就连莫薇薇这样一个普通的人类小孩，都能站在我前面。为什么我永远都是那个躲在后面的人？"小九越说越激动，"明明我才是所有人里面最强的，我应该比他们任何人都勇敢！最应该保护善友的人是我，我应该站出来保护大家啊！"

大哥静静地听着，过了好一会儿，他才露出一个邪气又调皮的笑容，他对小九道："好，这次换你来，保护大家的事情就交给你了。"

一瞬间，小九的意识回来了。

大哥把身体的控制权让了出来。

第 90 集
龙宫大战（五）

　　莫薇薇手中的羯鼓开始散发出光芒，吓得她一下子松开了手，羯鼓落在地上。伴随着小九的回归，羯鼓发出一道刺眼的白光，令在场的所有人都无法直视。

　　白光消失过后，羯鼓不见了，留在地上的是一个由十二面鼓围成的法器，每面鼓都是深蓝色、圆桶状，鼓面上还有一个奇怪的纹饰。新法器看上去更有气势，法力更强！

　　众人见状，七嘴八舌地议论起来。

　　"这鼓怎么变样了？"

　　"难道是进化了？"

　　"是雷公鼓！"有人认出来了。

　　"你说的是上古时期，雷公用于施云布雷的神器？"

　　"我父亲年轻时曾见过雷公鼓，据说那鼓后来不知所终了！

他告诉我，那是一个蓝色的鼓，上面还有一个什么纹来着……哦，目雷纹！"

文文此时缓了过来，他也一起辨认鼓上的纹样，道："中间是'目'字形状，四周是回旋形的雷纹，这就是目雷纹。这么说，这真是雷公鼓。"

莫薇薇更加怀疑这就是他们要找的神奇乐器了。可是，羯鼓怎么会突然进化成雷公鼓呢？

真雷神也很吃惊，没想到中原皇帝所赐的羯鼓竟然是上古神器雷公鼓！想必那中原皇帝自己都不清楚吧，否则也不会赐予他人。

善友仍旧昏迷着，根本没听见有关鼓的讨论，但他突然感觉到小九就在身边，忍不住喃喃道："阿虎……"

小九看着善友虚弱的模样，心中万分难受。他红着眼睛，来到了十二面鼓的旁边。人与鼓相接触的那一刻，小九感到有一股能量源源不断地往他身体里钻，大约是这鼓的能量。

假雷神震惊地看着眼前发生的一切，他怎么也没想到，自己用了这么多年的羯鼓竟然还能进化，也不知威力有没有变强。但无论如何，现在鼓落到了对方手里，他凶多吉少啊。

又有人惊呼："这鼓应该是被那小子浑身透出的恐怖气势激发，才打破原形，进化成了雷公鼓！"

莫薇薇愣怔片刻后心想：所以……雷公鼓自行认小九当主人了吗？

只见小九转过身来，从前清澈的眼眸此刻变得通红，满是杀意。

假雷神张皇失措："左、左护法，这么多年我待你可不薄啊！你、你不能杀我。"

小九心中全是恨意，他不顾假雷神的叫喊，毫不留情地重重拍在了鼓上。咔嚓一声巨响，一道天罚雷降下来，比之前的雷电威力强了无数倍，但小九此时毫不害怕，他眼睁睁地看着雷电劈在假雷神身上。

假雷神惨烈地大叫一声："不！"

他庞大的身躯转瞬就化成黑烟散去了，而小九全程连眼睛都没眨一下。

他……终于再也不怕雷声了！他终于能站出来保护别人了！

他赶紧冲到善友身边。善友已经奄奄一息，文文正在尽力施救。他的心被紧紧地揪起，要不是他觉醒得太晚，善友

也不会……

士兵们傻了眼，一时不知该继续反抗还是投降。正在这时，又一阵喊杀声传来，成千上万的虾兵蟹将从四面八方杀了过来。

小九又开始击鼓，鼓声震耳欲聋，刺目的电光在龙宫四处游窜。

假雷神的军队很快就溃不成军，纷纷投降。

夜叉族族民和虾兵蟹将们欢呼起来。

真雷神心中欢喜，却很快又涌起一阵悲伤，五味杂陈，最终他只是长长地叹了一口气。

战争平息了。

"善友……"小九紧紧地抓着善友的手，泪流满面。

善友的生命正在流逝，小九从未有哪一刻像现在这样深感无力。

莫薇薇难过得直掉眼泪，文文仍在竭尽全力抢救。他在与死神争抢着善友，他绝对不会让善友死掉。

真雷神看着他们，高高地抬起了手，示意正在欢呼的兵卒们安静。一时间，聚集着成千上万人的龙宫前竟是一片死寂。

这时，一道耀眼的光芒从天而降，一声怒吼随之而来："何

人如此猖狂？"

　　龙王姗姗来迟，看见眼前一片惨状，龙小五还身负重伤，怒发冲冠。

　　摔晕的加灵和小龙女被惊醒，加灵一脸茫然，小龙女则是哭喊着扑进龙王怀里："爹爹，吓死我了。哥哥他、他……"

　　龙王袖子一挥，龙小五身上的箭就尽数消失，伤口也愈合了。龙小五很快就苏醒过来，变回了人形。

　　善友那边的情况却更加糟糕了，小九哭喊着："善友！善友！"

　　众人忙凑过去，善友的手落在地上，整个人似乎已经没了生气。

　　莫薇薇大哭起来，加灵还不知道发生了什么事，吓得脸色发白，即便冷静如文文，这会儿也红了眼眶。

　　龙小五看到善友的伤势大惊失色，忙对龙王道："父王，他们都是我的朋友，今天要不是有他们在，龙宫就完了！您能不能救救他？"

　　龙王了然，当即伸出手施法，紫色的仙气渗入善友的后背。但对比龙小五的恢复速度，施救善友所用的时间却十分漫长。

文文也丝毫不敢懈怠，继续救治着。

莫薇薇紧张得双手合十祈祷，小九的目光一秒都不敢离开善友。

不知道过了多久，善友背上的皮肉终于开始再生，渐渐地，伤口越来越小，最终消失不见，完全看不出受过伤。

龙王收回手，捋着胡子说道："还好，气没断，否则我也回天乏术。"

文文连忙仔细察看，随后心中的巨石落地。他舒展开眉头，转头对众人说道："善友没事了。"

莫薇薇的眼泪夺眶而出，她高兴得泣不成声。

很快，善友的手动了一动。小九轻声唤道："善友？"

"喀喀喀……"善友咳嗽了几声，"我、我还活着？"

"嗯。是龙王陛下救了你。"小九喜极而泣。

善友一听龙王在此，忙起身想要跪下拜谢，却被龙王制止了："你为救我龙宫受伤，我理应救你，不必言谢。不过话说回来，龙宫安稳数十年，为何今日突遭袭击？"

此言一出，所有人都沉默了。

龙王左看看，右看看，吹着胡子看向龙小五："小五，怎

么回事啊？"

"这……父王，其实……"

龙小五本想把罪责揽下来，但他才开口就被小龙女打断：

"是我……都怪我……"

"你？"龙王更不明白了，小龙女什么都不会，还能挑起

战争？

知识注解

> **目雷纹**：青铜器纹饰之一，由目形和回旋状的雷纹组
> 成，故名。流行于商和西周初期。
> **雷公鼓**：由十二面鼓围绕一周而成，在敦煌壁画中，
> 兽首人身的雷神，在十二面连鼓疾速旋转中，手足并用，
> 奋力敲打，使人感到空中雷声隆隆不绝于耳。

善友复明

小龙女虽然害怕，但还是诚实地将前因后果都告诉了龙王。

龙王听完盛怒道："胡闹！我这是太惯着你了。你竟然和外人勾结，还害了龙宫！"

"龙王陛下，小龙女也是被人骗了呀。"莫薇薇忙劝道。

"那也是她那无用的好胜心引起的。我想着让她无忧无虑长大就好，她倒好，处处都要与她哥哥争，还搞出这么些事情。愚蠢！"

小龙女吓得大哭起来，龙王爹爹这次生了这么大的气，他可从来没骂过她啊！

龙小五劝慰道："父王，妹妹她争强好胜，也是因为她有上进心，她只是没用对方法而已。"

"那也不行。她犯了这么大的错，若是轻易原谅，那岂不是包庇纵容？今后龙宫上下会怎么看我？我又该如何管理龙宫啊！"

"龙王陛下，可否听我一言？"真雷神开口道，"我弟弟巧言令色，两面三刀，连我这个亲哥哥都曾被他骗了去，何况是不谙世事的公主呢？公主心灵如此纯洁，由此可看出龙宫中人相亲相爱，此乃龙宫之福。还望陛下不要过分苛责。"

"就是啊，最应该怪的就是那个坏雷神，大家都是受害者啊。"加灵赞同道。

龙王突然愣住："这声音……等等，你、你莫不是……"

龙小五反应过来："父王，忘了向您介绍了，这位就是歌神加灵！"

"你、你、你、你、你是加灵！你是我的粉丝……不对，我是你的粉丝，你是我的偶像啊！"

没想到这爷儿俩都是加灵的粉丝啊。

莫薇薇汗颜，原来威严的龙王见到自己的偶像也会失态啊！而且他说的话，跟龙小五第一次见到加灵时说的话一模一样。不愧是亲父子。

"既然如此，能不能给我个面子啊？就别责怪小龙女了。"

加灵笑着说。

"这……"龙王有点儿为难，他想了想，还是叹了一口气道，"也是我教女无方啊。罢了，小五的身体还未完全恢复，龙宫的大小事务也不能交给他了。小龙女，从明日起，就由你来帮你哥哥处理这些事情，什么时候他身体恢复了，对你的惩罚才算结束。"

小龙女赶紧点头。

龙王又对加灵说道："歌神，我的生辰马上就到了，届时可否请歌神赏光参加？"

"歌神，你可是答应了我的，要在我父王生辰宴上献唱一曲呢。"龙小五从旁帮腔道。

"本歌神一言既出，驷马难追。歌，我可以唱，但是条件不变，你们得给善友宝珠。"

"宝珠？什么宝珠？"龙王问道。

善友忙跪下说明来意："龙王陛下，实不相瞒，我是陆上波罗奈国的太子善友。我的国家经历战争后变得十分穷困，民不聊生。我别无他法，听闻龙宫宝珠无数，价值连城，这才斗胆前来求取。"

　　"竟有此事？宝珠在我龙宫之中有数千万之多，你既救我龙宫，还因此负伤，给你一颗宝珠倒也无妨。"龙王道。

　　众人全都喜上眉梢。善友更是高兴，他都不敢相信，他竭尽全力的付出，真的换来了想要的结果。

　　几个小伙伴开心了一阵，互相说着鼓励的话。

　　就在这时，龙王又道："不过，我看这位小友似乎是失明了吧？不然为何双眼蒙布？"

　　"还不都怪善友的那个臭弟弟！"加灵义愤填膺地道。

　　"算了，过去的事了。"善友摇头叹气。

　　"我龙宫的宝珠可让一人实现愿望，不过只能许一次愿望，你确定不用这宝珠让自己重见光明吗？"龙王又问。

　　众人愣住了。善友也怔了一下。

　　龙王又道："我劝你还是想清楚，是让你的子民过上好的生活，还是让自己的双眼复明？"

　　莫薇薇不由得替善友感到焦虑，这种事情……太难选了。

　　谁知，善友微微一顿后，毫不犹豫地说道："我选择让子民过上好日子。"

　　龙王震惊地说："那你以后可就再也见不到光明了。"

善友坚定地说道："我选择让子民过上好日子！"

龙王心中十分赞许：这人类太子竟如此爱民，而且谦卑有礼，就算和龙小五相比，也是有过之而无不及啊！

"善友，你为何不选择让自己的眼睛好起来啊？若真是你的国家缺钱……大不了你跟我回蓬莱，我求族长大人借钱给你。"加灵急了。

小九心中难过，可他不能代替善友做决定，只能轻声喊他："善友……"

莫薇薇和文文也知道他们无法为善友做出选择，只能难过地看着他。

"谢谢你们的好意，但我心意已决。"善友坚定地说道。

龙王大笑三声："哈哈哈，好。"

众人都纳闷地看着龙王。

只见龙王张开嘴对着善友的眼睛吐出了一口寒气，寒气散开之后，龙王欣慰地说道："你是一个合格的太子，我欣赏你。眼睛我为你治了，宝珠也可赠予你。"

众人惊叹不已，善友茫然了片刻，还以为耳朵听到的是幻境之声。

过了会儿他才明白过来，感觉眼睛微微酸涩，再睁开时，他看到了蒙在眼睛上的布。他能看见了！

他迫不及待地扯开布条，眼前是散发着璀璨金光的龙宫。他从未见过这么漂亮的海底世界，这真的不是梦吗？

见他的一双眼睛莹润闪光，众人开心地笑道："善友，你能看到啦！"

小九高兴得一把抱住了他："善友，你能看见了！太好了！太好了！"

善友微怔了一瞬，将小九轻轻拉开。他要好好看看阿虎！他们真的是太多年没见了……原来变成人形的阿虎长这样啊！他终于知道阿虎的样子了。他又看了看周围的人，大家都在看着他微笑，都在替他高兴。

龙王接着说道："念你心地善良，处处为你的子民着想，我才破例帮你恢复光明。望你以后继续善待你的子民，不忘初心！"

这时，小九伸出手，那十二面鼓组成的雷公鼓自动缩小，飞到了他的手中。

小九看了看手中的雷公鼓，走过去把鼓递给了雷神："这……

应该给你吧？"

雷神看着那鼓，心头一阵难受。若不是他那傻弟弟痴迷音乐，又怎会落得如此境地？

唉……一念之差啊！

雷神摇了摇头，没接鼓："这雷公鼓是你的。"

见小九一脸茫然的样子，雷神道："它是因你而进化的，所以它是属于你的。"

"这、这是我的？"小九感到不可思议。

雷神点头："你是个正义、勇敢的好孩子，雷公鼓在你手上一定可以发挥出它最大的作用。至于我，不过是一个罪人，是要回去向百姓请罪的。是时候让百姓自己选出一个管理者了。"

雷神的手下一听这话，纷纷表态："雷神大人，我们都愿意跟随您啊！"

"吾等誓死追随雷神大人！"众兵将喊道。

"都说了我是一个罪人了。你们如此忠心，我万分高兴，希望以后你们对新雷神也能如此。"

手下们沉默一会儿，又道："那就看选举结果吧。若选出来的还是您，我们定誓死效忠。"

雷神十分感动，最终点了点头。和莫薇薇等人告别后，他便带着手下和投降的士兵离去了。

"这么多人支持雷神，下一任雷神一定还是他！"莫薇薇道。

"他知错能改，为人坦荡，在他的带领下，雷泽乡会越来越好的。"善友说道。

莫薇薇见雷神的队伍渐渐远去，心里感慨万分。

不管雷泽乡的新一任管理者是谁，都将迎来一个革新的时代，之后的雷泽乡会是什么模样，又是一个未知数了。

"想不到真雷神和假雷神之间因为政见不合，竟引发了这么多事情。"文文这会儿身体好了许多，站在莫薇薇身边道。

莫薇薇叹气道："是啊，这对兄弟可真是的……是不是每家的兄弟都会吵成这样呢？"

"你们听了我和我那弟弟的事，不就知道了吗？"这时，善友也走了过来，他看着璀璨的龙宫，也叹了一口气。

小九皱皱眉："为什么恶友对你这么坏？我大哥对我就很好，虽然他总骂我，但我知道他那是担心我，是在替我着急。"

莫薇薇心里豁然开朗，扭头看着小九微微一笑："是吗？看来也不是所有的兄弟之间关系都那么恶劣呀。"

加灵也眯着眼笑了笑："是啊，小九，你大哥虽然脾气坏，但是对你还不错！"

善友也看着小九道："小时候不知道你竟然是九魂共用一身的开明兽，唉……当真是亏待你了。"

小九立刻摇摇头："哪有？你明明是对我最好的人啊。"

善友对小九温柔地笑了笑。他们又何尝不是从小一起长大的好朋友、好兄弟呢？兄弟之间的感情三言两语真是说不清啊！真雷神与假雷神、善友与恶友，这两对兄弟还真是令人唏嘘不已啊……

众人在龙宫中休息，龙王叫人拿了宝珠给善友。善友捧着那圆润的宝珠，就像捧着整个波罗奈国的希望，他目光炯亮，满眼热忱。

"那我们再休息片刻，就打道回府啦。"莫薇薇笑着说。

"小九，你今后有什么打算？要跟善友回到波罗奈国吧？"文文问小九。

这个问题，小九刚刚一直在考虑。他与善友失散了很多年，

如今好不容易重逢了，很多话还没来得及说，很多有趣的事还没来得及一起去做，不过，他心中又有了其他的想法。

善友见小九在认真思索，便心中有数了。虽然他们已经多年没见，但儿时的默契仍旧存在。他问小九："阿虎，你可是有了新的目标？"

小九微微一怔。他看着善友的脸，有些内疚："嗯……我在想，如果我不同你回波罗奈国了，你会不会怪我？"

"怎么会？人各有志，我不会强求你的。"善友温和地笑道。

小九看着他，眼中满是感动。

"啊？小九，你不跟善友回去了？你俩好不容易重逢了，为什么不回去啊？"加灵神经大条，想也没想就问。

小九看着莫薇薇、文文和加灵，目光坚定道："嗯，这一路走来，我见识了很多，也结识了聪明的薇薇、冷静的师父、勇敢的大姐头，我……很喜欢你们，我也想像你们一样变得更强，所以我想跟着你们去更广阔的世界锻炼自己，希望有一天能变成可以保护所有人的勇者。"

众人不可思议地瞪大双眼看着小九，一时忘记了说话。

加灵最先反应过来，她刚才似乎听到了什么敏感的词，忙

113

道："等等……大姐头?!说我呢？"

小九双眼晶亮，笑着对她点头："是啊，虽然你是个女孩子，但是一路上比谁都勇敢，总是把大家护在身后，冲锋陷阵，称呼你为'大姐头'再适合不过了！"

加灵眉毛轻轻一挑，行吧……虽然听上去不怎么文雅，但好歹够霸气。

"师父，以后我还能继续跟着你学习吗？"小九又满脸期待地看着文文道。

文文半耷拉着眼皮，有点儿惆怅："我看你是火属性的，有了这雷公鼓之后又可操纵雷电，我只会水系法术，如何教得了你？"

"没事啊，什么法术都不学也行。"

好家伙……什么都不学的师徒关系吗？

"阿虎，你既然心意已决，我便不再劝你同我回去了。你这次远行，多加修炼，想来也是一件不错的事情。"善友对小九道。

小九点了点头，他很高兴善友能理解他。

"雷公鼓找到了，接下来我们该去哪里呢？"加灵问莫薇薇。

话音才落，加灵忽然感到了空间异动，似乎是有什么东西

传送到了这边的世界，她敏锐地感知到了，一伸手就抓取到了一张照片。

莫薇薇和文文见状，立刻想到了什么。

莫薇薇喜上眉梢，问："是不是妈妈从现实世界传来了新照片？"

现实世界和壁画世界的时间是不一样的，他们在这里折腾了那么久，妈妈从现实世界传来的照片终于到了！

加灵笑道："是啊！我们快看看！"

善友和小九则是一头雾水。

莫薇薇向小九、善友大概讲了讲他们一行人要去第三世界的事情。

两个人也一同看向了照片。

照片上还夹着一张小纸条。

莫薇薇连忙将纸条拿在手里，展开一看，只有一行小字，但熟悉的娟秀字体让她心头一热，她顿时热泪盈眶。

是妈妈的字：祝一切安好。

寥寥五个字，却包含着无限的理解和关爱。

文文见莫薇薇眼睛里盈满泪光，拍拍她的肩膀："你妈妈同意你去寻找你爸爸了呢。"

莫薇薇抹了抹快要掉落下来的泪珠，狠狠点头："嗯。"

"好啦。我们来好好看看照片吧。"加灵道。

众人都围了过来。

除了他们之前找到的莲花笛，在照片的一个角落他们又发现了雷公鼓！

那雷公鼓正是由十二面鼓环绕而成，且十二面鼓都是深蓝色，呈圆桶状。他们找的乐器果然是对的。

"太好了！雷公鼓真的是开启第三世界的乐器之一啊。"小九听了他们的故事，一脸兴奋地说道。

"是啊，这样一来，你还非得跟我们走不可。"加灵笑嘻嘻地道。

小九用力地点点头："嗯，大姐头，都听你的。"

加灵很是无语，这……称呼叫得倒是挺顺口。

"可是这照片上还有那么多乐器，你们下一步要去哪里呢？"善友看着照片问他们。

几个人都没有什么头绪，顿时沉默了。

正在这时，他们听到了后方小龙女和虾兵蟹将们叽叽喳喳的说话声，似乎在讨论龙宫大战后的清理工作，分配谁该干什么。

龙小五拧着眉毛沉思了半天，然后看着莫薇薇问："上次我不是送你们几个到北莲国了吗？你们为何突然到龙宫来？刚刚战事紧张，都没顾得上问这些。"

莫薇薇、加灵和文文互相看了一眼，心中都有数。

这一路走过来，龙小五帮了他们太多太多忙，感激的话都说不完，他们心里早就把龙小五当成好朋友了，所以干脆把去第三世界的计划，还有这一路遇到的各种惊险刺激之事都跟他讲了一遍。

龙小五和小龙女听他们讲着惊心动魄的故事，眼睛越瞪越大，下巴都要惊掉了。

"没想到……你们几个小孩居然遇到了这么多事情。薇薇不仅是人类女孩，还……不是这个世界的人？"龙小五好奇地打量着莫薇薇。

"是啊，不过，我们对接下来该去哪里就毫无头绪了，真是头疼。"莫薇薇道。

"咦，这个胖胖的乐器是什么？怎么长得那么像我们龙宫的海螺？"小龙女瞧了瞧照片，指着照片的一处问道。

众人看向小龙女指着的地方，果然看见一个海螺形状的乐器，个头小小的，造型和做工看起来却十分精致。

"这种乐器就叫海螺，也叫法螺，是一种吹奏型乐器。"善友对众人道。

"确实好像龙宫里的东西啊，该不会……这乐器就在龙宫里吧？"莫薇薇问。

龙小五摇了摇头："不会，若真有海螺形状的乐器在我龙宫中，小爷我早就找出来当法宝了。"

也是，就凭龙小五那么喜欢戏曲与音乐，龙宫要真有这么神奇的东西，早就被他收入囊中了。

"以前在皇宫中读书的时候，我倒是在一本叫作《妙法莲华经》的书里看到过一句话，大概就和这种乐器有关。"善友摸了摸下巴，仔细回忆了起来。

"什么话？"加灵忙问。

"今佛世尊欲说大法，雨大法雨，吹大法螺。"

"这句话是什么意思？"莫薇薇也好奇地问道。

　　善友解释说："大概可以理解成，佛祖在向世人说法的时候会吹响法螺，据说声音深远而悠长。"

　　几个小伙伴似懂非懂，神情都有些疑惑。

　　"那法螺吹出来的声音想必非常好听。"文文说道。

　　"毕竟是壁画里出现的神奇乐器，音色好听是肯定的啊。"加灵插话道。

　　这时，小九惊呼了一声："啊！你们这么一说，我突然想起一件事了。"

　　加灵忙问他："什么事？"

　　"我之前在雷泽乡巡逻的时候，听百姓讲过很多民间故事，虽然这些故事在很多国家流传，渐渐失了真，但是也许能从中找到些线索。"小九道。

　　"阿虎，你可是听过关于法螺的传说？"善友问他。

　　小九点点头，继续说："嗯，我这才想起来，我曾经听一个百姓说过，从前有一个小村庄，那个小村庄里的人时不时会听到天空中传来一种很空灵、很悠长的乐声，一开始大家都以为是某种鸟类的叫声，不过后来就不那么想了。"

　　"等等……空灵悠远的乐声？对这声音的形容，好像跟善

友对法螺的形容差不多啊。"莫薇薇立刻发现了端倪。

"是啊，我就是听到这里，才想起这件事的。"小九说道，"那我接着说啊。小村庄里的人慢慢地意识到了，这美妙的声音，是从天上的仙宫传来的。后来人们找了懂乐器的行家们来仔细分辨这个声音，那些行家一致认为，这种声音来源于一种叫海螺的乐器。"

众人吃了一惊，小龙女也听明白了，立刻问："也就是说，你们要找的海螺就在……天上的仙宫之中？"

虽然大家都听懂了这个传说，但先不说传说有失真的可能，就算海螺真的在天上的仙宫中，他们要怎么去呢？

知识注解

> **海螺（法螺）**：敦煌壁画上的一种海螺形状的乐器，也是佛教法器的一种。
>
> **《妙法莲华经》**：佛教经典，简称《妙法华经》《法华经》，后秦鸠摩罗什译，共七卷，是天台宗依据的主要经典。

建木村

"天上的仙宫？是在那小村子的上空吗？"加灵问道，转而想到了什么，又补充了一句，"那小村子叫什么名字？"

小九挠了挠头，双手抱胸，闭着眼睛认认真真地回想，过了好一会儿他才喃喃道："我记得……百姓们好像说过什么建木。"

"建木？"善友惊讶地问道。

莫薇薇挠了挠头："这名字好熟悉啊，我好像也在哪里听过。"

"你们俩知道什么？"加灵忙问。

"我记得，我来说吧。"善友不愧是饱读诗书的人，大脑里就像是装了一整座图书馆一般。

然后善友便讲起了有关建木村的故事。传说天地间有一

座神山，神山上有一棵直通天上的巨树，叫建木。还有传说，说上古大帝伏羲和黄帝就是通过这棵树往返于天上和人间的。凭借沟通天地的建木，天神可以下凡，凡间百姓也可攀爬树木上到天庭，人与神有了正式的接触，他们彼此和平往来，沟通交流。

可以说，建木神树开启了人与神沟通的时代。

但是这个时代开启之后，有好处，也带来了不少坏处。比如，贪婪的人企图上天庭偷食长生不老的仙丹，还有越来越多的人不甘于平凡的命数，非要上天庭位列仙班，等等。这样的事情发生得多了，天庭的某一位大帝就派了两员天将去执行"绝地天通"的政策，将建木斩断了。

这个故事流传开后，很多百姓虽然不奢望上天庭偷仙丹、当神仙，但始终认为天上有仙宫，仙宫里住着能保佑凡人的神仙。渐渐地，这些百姓聚集在一起，形成了一个小村庄，并在村庄正中间植下大树，一代又一代地维护它，让它越长越大，越长越高，希望天神有路下凡，保护村庄，这么一来，就有了建木村。

听善友讲完这个故事后，众人无不惊叹，没想到建木村是这么来的!

"民间各处百姓都有流传的神话故事,并不奇怪。"文文双手抱胸,幽幽地说道。

"那个建木村在哪里呢?小九,你听百姓们提起过具体位置吗?"莫薇薇忙问。

小九皱着眉头左思右想,想了半天,仍一无所获,只好满脸歉意地说道:"我实在是想不起来了,真不好意思。"

"我知道在哪里。"这时,沉默许久的龙小五忽然开口道。

众人忙看向龙小五。

小龙女是最吃惊的那一个,马上问:"臭哥哥,你是怎么知道的?难不成你去别的地方玩不带我?"

龙小五沉下脸,说道:"休要胡扯。我那是四处征战,谁去玩了?"

莫薇薇这才想起来,龙小五常常去龙宫之外的地方打仗呢,说不定他去过的地方最多。

"小五,你居然知道建木村在哪里,快点儿告诉我们呀。"加灵迫不及待道。

龙小五看着加灵,笑道:"歌神,巧了不是。上次我跟你

说我偶然去了你的家乡蓬莱岛，那日我在蓬莱岛听了歌声后返回龙宫，在途中偶然见到一座村庄中立有一棵参天巨树，巨树穿云通天，好像就是你们说的建木。"

所有人都兴奋不已，加灵最为震撼："也就是说，建木村就在蓬莱岛附近吗？"

"我想是的。你们几个救我龙宫有功，还让我这蠢妹妹幡然醒悟，我自当给你们助力，将你们几个送到建木村去。"龙小五又道。

"啊，真的吗？太好了！"莫薇薇大喜。

其他人也开心地笑了。事情太顺利了，终于找到前进的方向了！

决定好了下面的行程之后，几个小伙伴便打算尽快出发。

小龙女从专门储存甜品的珠贝之中翻出了一些糕点，送给了莫薇薇他们："这些糕点算本公主赔给你们的，刚刚不好意思啦！"

说完，小龙女又看了看加灵："你功夫不错嘛，有空切磋一下。"

加灵叉腰哈哈一笑："可以啊，没问题！"

这两个爽快的小姑娘先前还横眉瞪眼，打来打去，这会儿竟和好了。

离别时，善友郑重地向莫薇薇他们表达了谢意，他诚挚地说道："薇薇，还有各位，我实在不知道该如何感激你们。有空的话，请你们一定来波罗奈国做客，我一定宴请你们。"

"善友，你这就要回波罗奈国了吗？"莫薇薇问。

"嗯，我出来太久了，必须赶快带着宝珠回去救国救民了。"善友道。

"放心，我待会儿就派虾兵蟹将们一路把他送回去。"小龙女拍拍胸脯，豪爽地说道。

善友又和小九说了好多话，还商量好了回头一定重聚。

一切准备就绪。

龙小五重新化成了一条白色飞龙出现在众人眼前。众人爬上飞龙的背脊，连屁股都没坐稳，龙小五这个急性子就嗖地一下冲出龙宫大门，在深海中疾速前行。

虽然被水泡包裹着，但莫薇薇还是感觉像在坐水中云霄飞车，实在是惊险刺激！

碧蓝的海水之下，白龙的身影一闪而过，在五光十色的海

底世界惊起一片又一片的浪潮，所过之处，鱼虾四散。

海底仿佛开通了一条悠长的隧道，龙小五疾速穿行。一会儿，龙小五似乎是探知到了目标地点，在水中顿了顿，而后带着一飞冲天的气势冲向水面，破水而出，飞至高空！

莫薇薇、加灵、文文和小九四个人紧紧抱着龙身不敢松手，这龙小五性子急得……他们要是不抱紧，中途怕是已被他甩下去几百次了！等到了目的地，他一回头，人都甩没了，还去什么去啊！莫薇薇腹诽。

龙小五飞到空中后，径直向着蓬莱岛的方向飞。众人擦着滚滚浮云而过，阳光穿透云层照在他们的脸上，每个人都兴奋不已。不一会儿，他们就见到远处碧蓝的海面上浮着一座绿树成荫的小岛，那里便是加灵的家乡——蓬莱岛。

龙小五看到蓬莱岛后，立即转了一个弯，向左边飞去，不一会儿，众人就看到了一棵参天巨树。

建木村到了！

知识注解

　　建木：上古先民崇拜的一种圣树，传说是可以沟通天地人神的桥梁。

　　伏羲：华夏民族人文先祖，三皇之一，与女娲同为福佑社稷之正神。

　　黄帝：古华夏部落联盟首领，华夏民族的共主，五帝之首。

第 95 集

载人风筝

到了建木村的村口，众人连忙从龙小五的背上爬了下来。这一通飞天遁海的，龙小五倒是浑身轻盈自在，却差点儿没把背上那四个人给累死。

"这里就是建木村了，你们看村子。"

为了不惹人注意，龙小五落地的瞬间便化身成一位面目俊朗的白衣公子，他说着往村中一指。

几个人果然看到了一棵参天巨树，巨树没入云端，看不到顶，繁茂的枝叶都被云层遮盖住了，看起来好像真的连接到了天上的仙宫一般。

莫薇薇怔怔地看着那棵树，以及树上簇拥在一起的云朵，脑海中突然有什么东西一闪而过，她惊呼一声，道："这棵树的样子……好像我们在雷神陵墓的圆形墓室里见到的

那棵啊！"

她这么一说，其余三个人都惊讶地睁大了眼睛。

"不是吧？难道那假雷神来过这儿？"加灵皱着眉猜测道。

小九摇了摇头："倒是没听说过假雷神到过建木村。大概是那个通天建木的神话故事流传到了很多地方，他也听过，所以才想在自己的藏宝室里种一棵建木，为雷泽乡祈福吧。"

"嗯，这么想也有道理。"莫薇薇点了点头，"啊，对了，我们在墓室里看到的那些壁画里，商队从墙下面一直走到了穹顶之上，这是不是也代表着商队从沙漠走到了天上，天界与人间可互通，那个消失的时代依旧存在呢？"

众人陷入了沉思。

过了好一会儿，文文道："我也觉得是这样。人们在制作一样东西的时候总会附加上自己的心愿，也许那假雷神心中也希望那个人与神互相交流的时代还存在吧。"

"好了，我把你们送到目的地了，我还有公务要处理，这就回龙宫了。"龙小五怕这几个孩子还要聊上半天，忙插话道。

"好的，小五，太谢谢你啦。啊，对了，你知道上次你给

我的地图附加了法力后，那地图救了我一命吗？这件事我还没谢谢你呢。"莫薇薇一脸兴奋地对龙小五说。

龙小五闻言哈哈一笑："哈哈，早说了，你那破纸有了五爷我的法力，水火不侵，风雷不袭！你就继续带在身上吧。"

"嗯。"

"小五，这一路得到了你不少帮助，本歌神决定了，有空专门在你们东海龙宫举办一场演唱会。"加灵豪气地说道。

龙小五闻言更兴奋了，一脸喜色道："歌神此话当真？那……那我就在龙宫静候佳音了。"

莫薇薇在心中暗想，还真是静候"佳音"啊……

挥别龙小五之后，众人一起走进了村子。

村子不大，屋舍整整齐齐地排列着，村中还有圈养着的鸡、鸭、鹅、牛、羊等。身穿粗布衣衫的人们走来走去，生活气息浓厚极了。

"我们分头向村民打听一下这棵树的秘密，问一问建木村的上空是否真的有仙宫吧。"莫薇薇对另外三个人道。

三个人点点头，不约而同道："好。"

于是四个人决定分头行动，之后就在村中的巨树边上集合。

　　莫薇薇在村子里转着，看见了一个看上去比较和气的农妇。

　　此时，那农妇正在给家养的小鸡撒着小米。小鸡围在她脚边快速地啄起地上的小米，吃得十分欢快。

　　"大婶，您好。"莫薇薇脆生生地喊了一嗓子。

　　"小姑娘，你好，有什么事吗？"农妇慈祥地笑着。

　　"我想问问您，这建木村中的大树是怎么回事呀？"莫薇薇问道。

　　农妇抬头望了望远处的巨树，缓缓地说道："这树啊，很久很久之前就在了，它的来历，祖祖辈辈的老人们也一代又一代地传下来了。据说，最开始人们种植这棵巨树是为了方便天上的神仙下来帮助百姓。还有的老人说，这棵树能直通天上的月轮国。"

　　莫薇薇听得瞠目结舌，问："月轮国?那又是什么地方？"

　　农妇摇了摇头："这我就不清楚了，只是大家都这么说。"

　　"那这个说法有什么来历呢？总不能突然就有了这么个传说吧？"莫薇薇继续问。

　　农妇想了想，对莫薇薇道："哦，对了，好像是很久以前，

我们村子有个小孩乘着风筝飞到了高空中，在云层之上隐隐约约地看到了一只小鹿的影子。那个孩子很开心，以为那是天上的仙鹿，便和那小鹿的影子聊了很久，后来那个影子跟小孩说它来自天上的月轮国。"

"啊？小孩能乘着风筝在天上飞？"莫薇薇傻了眼，她从来没听说过这种事。但是她知道一般的风筝是不能载人的。

哎……不对，她在电视里看到过。电视里，她看到大侠乘着比人还大的纸鸢从空中飞过，顺手救走遇险的百姓，非常厉害。

农妇说的风筝，估计就是那种纸鸢吧。

"是啊，这风筝是我们建木村独有的，做载人风筝的技术也是祖上流传下来的。祖先们希望能有机会到天上看看，于是研究出了能载人的风筝。"农妇笑着解释道。

莫薇薇闻言，突然想起了一件事。

不行，要赶紧告诉小伙伴。

她又问农妇："那村子里有没有哪里可以租到这种能载人飞上天的风筝呀？"

农妇指着一个方向道："那木匠的店里就有很多载人风筝，

你们去找老板租就行啦。"

　　莫薇薇向农妇所指的方向看去，果然看到一家店铺外头的木栏杆上挂着几个造型精巧的大风筝。

　　他们可以去天上的仙宫——月轮国了。

第 96 集

木鸢与纸鸢

莫薇薇向农妇道了声谢谢就匆匆离开了。她要尽快赶到巨树边和小伙伴们会合。

这么想着，她匆匆跑到了巨树下细细观察了一番。只见树干上树皮粗糙，裂纹交错，长满木瘤。她抬头仰望着巨树之上，除了浮云朵朵，什么都看不到。

不多时，三个小伙伴也回来了。

几个人凑到一起，立即分享各自获取的信息。

结果就是，所有人都打听到了同样的信息——这建木村上空真的有一个仙宫，叫月轮国。

"想来这些传说并不是捏造的。不过，那个小孩子在云层之上看到的小鹿又是怎么回事呢？"文文摸了摸下巴，认真思索着。

"云层之上住着小鹿？"小九睁大了眼睛，一副难以置信的样子。

"小鹿的事情，等我们到了月轮国就能亲眼见证了，现在我还有一件很重要的事情要跟你们说。"莫薇薇一脸兴奋地说道。

三个人看向她，异口同声道："你说。"

莫薇薇也是刚刚想到风筝的来历，她迫不及待地和小伙伴们讲了起来。

最早的风筝是墨子出于军事目的发明出来的，和现在的风筝外形相差极大，像一只大鸟，也不叫风筝，而是叫木鸢。当时墨子用木头制作了木鸢，可惜那只木鸢在天上飞了一天就坏了。

后来鲁班对原有的木鸢进行了改造，把木头材料换成了竹子。他将竹子劈成薄片状，将表面打磨光滑，用火烤弯了，照喜鹊的样子做成了木鹊，竟然可以在空中飞上三天呢！

东汉时期，有了造纸术，制作风筝时逐渐以纸代竹，风筝的称呼就慢慢变成"纸鸢"了。

"原来风筝是这么来的啊！那个载人风筝又是怎么回事？"

加灵问莫薇薇。

"能载人的风筝我也只是听说过，在很多故事里，大侠们乘着那种风筝，或收集信息，或借以脱身，或除恶扬善，特别帅气。"莫薇薇道。

"听上去很酷啊。不过我和文文就不需要它了，反正我俩会飞，哈哈。"加灵得意地大笑着。

莫薇薇有点儿无语："我说，考虑一下队伍里还有俩不会飞的啊。"

她说完，看了看小九。

小九挠了挠头："我……不会飞，也不敢乘什么载人风筝，总感觉会从天上掉下来。"

文文一脸平静地问小九："怎么，月轮国你不去了吗？那我们三个上去看看，你自己留在建木村？"

小九立刻把脑袋摇成了拨浪鼓："不行，不行。你们别把我一个人留在这里啊。我也要去。不如师父拉我飞上去。"

"我可拉不动你……你那么沉。"文文立即直白地拒绝了小九。

小九可怜兮兮地看向莫薇薇，问她："薇薇，乘那种载人

风筝真的不会掉下来吗？"

老实说，莫薇薇心里也有点儿不安，自己毕竟只是听说过，还从未亲眼见过。

四个人正商量着先去木匠的店铺看看，突然听见空中传来小孩子银铃般的笑声。

他们抬头一看，竟是一个小孩子正乘着载人风筝在空中翱翔呢！

"快看，是载人风筝！真的能飞起来啊！那孩子看起来玩得好开心啊！"莫薇薇手指着天空，一脸兴奋。

小九见到这场景，心里稍稍感到安稳了一些。他道："那好吧，我们这就去木匠的店铺。"

"走！"加灵走在了第一个。

一行人走到了木匠店中。

店老板是个年长的大叔，鬓角已花白，背脊有些佝偻，正专注地凿着一块木头。

"老板，您好呀，我们想租您的风筝。"莫薇薇热情地跟老板打招呼。

木匠大叔抬起头来，见是几个孩子来租风筝，也没多想，

热情地招呼着他们："可以啊，不过在天上飞的时间不能太久，也不能飞得太高。高处有强风，风筝飞不稳，掉下来可就麻烦了！"

强风？

几个人面面相觑。莫薇薇心想：这可麻烦了，如果高空中真的有强风，又怎么穿越云层去月轮国呢？

几个人背对着木匠大叔围成一圈，小声讨论了起来。

"没想到高空之上居然还有强风。看来这月轮国也不是那么好去的。"加灵不满地撇撇嘴。

"如果真的那么好去，建木村的人应该早就通过载人风筝到达月轮国了。"文文分析道。

"就算风筝不安全，他们也可以爬树吧？不过这树太高了，不知道要爬多久才能到顶呢，普通人坚持不了几天就会因体力不支掉下来吧？"小九也是一脸担忧。

"不是说很久以前，村子里有个小孩飞到过云层之上，还见到了月轮国里的仙鹿吗？"莫薇薇猜测道。

"那小孩子……不会是撒谎了吧？"加灵挑了挑眉。

"不管怎么样，总要上去一探究竟。我们四人一起飞上去

看看，我和加灵也租风筝，不然我俩贸然飞上天空，怕会惹人注意。我看这村子里似乎都是普通人。"文文道。

其他人想了想，当下也没有别的办法了，只好先这样。

店老板正寻思着这几个小孩围在一起商量什么呢，就见他们突然转过身来。

莫薇薇爽快地道："老板，我们租四只风筝，麻烦了。"

"好嘞。"

不管怎样，先上去看看！

知识注解

　　木鸢：古代用木头制作而成的一种飞行器。相传"墨子为木鸢，三年而成，飞一日而败"。后来鲁班改良了材质，改良后的木鸢飞翔三天三夜都不成问题。

　　鲁班：春秋时期鲁国人，姬姓，公输氏，字依智，名班，人称公输盘、公输般、班输，惯称"鲁班"。他是著名的能工巧匠，据说攻城的云梯，木工用的钻、刨子、墨斗等工具都是他发明的。

老板赶紧从架子上取了四只形状各异的载人风筝下来。这些风筝做得可真有趣，有的是天鹅形状，有的是喜鹊形状，有的是彩鱼形状，还有的是青蛙形状。几个人拿着风筝看来看去，都新奇得不行。

再仔细看，风筝的中间还有一个木栏杆，人可以趴在木栏杆上，随着风筝飞起来。

几个人认真听老板说明注意事项后，便迫不及待地乘坐着载人风筝飞到了天上。

莫薇薇眼看着自己的脚离开了地面，身体随着风筝慢慢升上天空，建木村越来越小，到后来连房屋都看不清楚了。

几个人一边欣赏着脚下的山川河流等美景，一边开心地说笑。文文除外，他正沉着脸不知道在思考些什么。

"师父，师父，这载人风筝可真好玩。"小九冲着文文兴奋地大叫着。

文文一脸无奈地看着他："刚刚还不敢乘，现在又兴奋成这样。"

"可是真的好玩啊。"

"那你玩个够，别下来了。"

"那不行。"小九赶紧应道。

"文文，你别总欺负小九……啊！"莫薇薇话说到一半，忽然一阵强风刮过，载人风筝在空中急速转了一个圈，吓得她惊叫起来。

同一时间，其他人也听到耳边疾风呼啸。

就在刚刚，他们的载人风筝才挨到云层，突然就刮来了一股强风，载人风筝被吹得在空中打起了转，人像是在坐过山车一般，被甩得头晕眼花。

"哇哇，好大的风！"小九死死地抓着风筝，闭着眼不敢看。

"这是怎么回事啊？"加灵被吹得眼睛都睁不开了。

"那个老板不是说了吗？高空有强风。"文文眯着眼睛往上看了一眼。

莫薇薇也勉强睁开了眼睛。日光强烈，周围劲风四起，高空中却云朵飘飘。就在这时，她眼睛一亮——远处，层层浮云之上竟有一个人影。

那个人穿着一袭黑色宽袖长袍，半边脸上蒙着诡异的鸟脸面具，另外半边脸神情宁静，皮肤白皙透亮，瞳孔若琉璃般发着淡淡荧光。

莫薇薇心里一惊：这个站在云端之上的少年，长得竟如此好看，看上去好像还是一位祭司。

就这么一愣神的工夫，一阵更猛的风刮来，她只感觉天旋地转，原来整个载人风筝又被吹得旋转起来，裹挟在旋涡一般的气流中。她再次看向那云端的少年，只见少年轻抬手掌，又一股强风席卷而来。原来，在高空制造强风的正是这位少年。可恶！难道这个人是守护月轮国的祭司？

"不行。我们先想办法下去，我要吐了。"加灵大吼一声。

"好，我们各带一个先回到地面上。"文文赞同道。

随后，加灵脱离载人风筝，化出一双翅膀，顶着强风冲过去，一把将旋转中的莫薇薇拉了过来，再调整身姿，往地面俯冲。

文文也化身成飞鱼，飞过去将小九抱在了怀中，带着看上去精瘦，实则沉得要死的小九，费力地往下飞。

四个人踉跄着狼狈落地，载人风筝随之噼里啪啦地掉在了地上。几个人惊魂未定，站在原地喘着粗气。

加灵擦了擦额上的汗珠，问："这风怎么这么大？这种强气流，别说是乘着载人风筝了，就算是我和文文飞上去，恐怕也抵御不住。"

"没错，这股风力不寻常，不像是自然之风，更像是……"文文紧锁眉头，看着头顶的云层思索着。

"更像是风属性的灵力。"莫薇薇接话道。

"没错。"文文点点头，继而一脸惊讶地看着莫薇薇，"你是如何察觉出来的？"

莫薇薇皱了皱眉头，道："我不仅察觉出来了，还亲眼看到了。"

三人惊愕不已。

小九战战兢兢地问："难、难道这是天兵天将为了阻止我们去月轮国而施展的风系法术？"

"有没有天兵天将我不知道，不过我刚刚确实见到云上有一个祭司打扮的少年。那少年一伸出手掌，便有一阵大风从他

掌心席卷而来。所以我想，建木村高空的强风就是他制造的。"莫薇薇对众人道。

"祭司？"文文一怔。

"嗯，他的服饰很像那种擅长巫术者的服饰，就像祭司。"莫薇薇道。

"搞不好就是月轮国擅长使用风属性法术的大祭司，他守在高空之中，就是为了阻止凡人进入吧？"加灵猜测道。

"很有可能。不是说曾经有很多凡人去天宫索取官职吗？说不定月轮国的人早就烦了。"莫薇薇叹了一口气。

"这也恰恰证明，建木之上的确存在着月轮国。"文文笃定道。

"没错，这叫什么来着？欲盖弥彰！"加灵笑嘻嘻地说道。

"那我们到底要如何才能上到月轮国呢？"小九问。

文文看着小九道："那恐怕需要你发挥潜力，把那个祭司打败。打败他，高空无风，我们自然就可以上去了。"

小九脸色一变："我吗？"

加灵一脸坏笑地起哄："对呀，对呀。你现在不仅能使用火焰，还有雷公鼓加持，能使用雷电法术，我们中间你可是最厉害的了。"

"可是，我不喜欢打架啊。"小九紧闭着双眼，抱头大喊。

"哎呀，好了，你俩先别怂恿他去打架。我看，我们得想个巧办法。"莫薇薇道，"先不说祭司是不是只有那一个人，就算打赢了，万一惹恼了月轮国，我们再问海螺的事情，恐怕会更难。"

众人闻言，都觉得有几分道理。

"这巧办法又是什么？"小九松了一口气，看来不用他去对付那个祭司了。

莫薇薇暂时也没有头绪，只好对众人道："我们今晚先住在建木村，向村民们多打探点儿消息再想办法吧。"

"好。"三人点点头。

神树之实

莫薇薇一行人在村子里找了间小客栈住了下来。晚上，四个人围坐在木桌子边发呆。

莫薇薇想了想几个人的技能，认真地说道："这月轮国我们硬闯肯定不行。先不说能不能打败那祭司，就算打败了他，也定然会得罪月轮国的人，就更问不出海螺的消息了。"

"嗯，我也是这么想的。"文文点点头。

"那怎么办？打听了半天，这些村民说的都是载人风筝的事情，感觉没多大用处。"加灵皱眉道。

"嗯……我刚刚打听消息的时候听村民提到过，他们的巨树被邻边一个小国惦记上了。"小九挠了挠头，也不知道这算不算有用的信息。

莫薇薇心中一惊，忙追问道："啊？建木村旁边还有一个

小国家吗？他们惦记建木村的巨树干什么？"

　　小九仔细回想了一遍，低声道："好像是说那个小国家知道了巨树上住着一位树神，他们想要树神。"

　　"树神？"文文也惊住了，"建木村的那棵巨树上住着一个神仙？"

　　小九点点头。

　　这个时候，客栈小二走了过来，给他们这桌送了一盘水果。小二笑嘻嘻地说道："你们几个小孩子是从外乡来的吧？这是本店赠给你们的圣果。来新地方，吃点儿甜头，图个彩头，吉利得很呢。快吃吧！"

　　四个人好奇地盯着盘子看，里面摆着十几颗火红圆润的果子，果子的表皮上还沾着些许水珠，看起来清甜可口。

　　"谢谢您。也祝客栈生意兴隆。"莫薇薇忙笑着说了一句吉利话。

　　"嘿嘿，小姑娘可真会说话。别愣着了，你们快尝尝这果子甜不甜。"小二催促他们。

　　"好，谢谢。"几个人每人从盘子里拿了一个果子吃起来。

　　果子嘎嘣脆，清香可口，甜汁四溢。

"嗯，这果子真好吃！"加灵一边吃一边赞叹道。

"这种果子我在雷泽乡没吃过，好好吃啊！"小九瞪大眼睛，惊讶地看着手里的果子。

"嗯，当真美味。我与师父游历多年，都未曾见过。"文文也称赞道。

"哈哈，那是。这是我们建木村独有的圣果，别的地方自然都没有。"小二搓了搓手，一脸自豪。

莫薇薇忙问："独有？难道这是巨树的果实？"

"小姑娘聪明。"小二道，"正因为这果子是从巨树上掉下来的，所以才是我们建木村独一无二的圣果。"

等等……莫薇薇脑中灵光一闪。

她问小二："听村民说建木村边上有个小国，那个国家想要建木村的树神，有这回事吗？"

一提这事，那小二立刻沉下脸来，皱着眉头道："你说的是彩虹国的人吧？本来建木村巨树之上有树神一事是村中的秘密，就怕有人惦记，也不知道怎么回事，这事突然就被外人知道了。从那以后，彩虹国老派使者过来，还说要把整棵巨树搬走。"

"彩虹国的人怎么那么过分！这巨树不是你们祖祖辈辈守

护的吗？哪能说搬走就搬走？"加灵义愤填膺道。

"是啊，这神树可是我们建木村人的信仰，把神树搬走了，相当于剔除了我们建木村人的主心骨，我们当然不同意！"小二越说越激动。

"然后呢？你们拒绝了之后，彩虹国的使者还来吗？"文文严肃地问。

"来啊。他们不死心，隔一段时间就要来一次。上一次还说要给我们建木村一笔钱，让我们把神树送给他们。村长当然不同意，差点儿没跟那使者打起来。"小二道。

"那些人还真是执着啊。不过，小二哥，你们的巨树上真的住着树神吗？"莫薇薇又问。

讲到树神，小二又眉飞色舞起来："我相信有。你看，我们这小小的建木村也不富裕，若不是有树神庇佑，树上哪会经常掉下来香甜可口的果子给我们吃呀？"

"原来是因为树上掉这种果子，你们才觉得那上面住着树神呀。"莫薇薇明白过来了。

"是啊，树神庇佑我们建木村，让我们有好吃的果子吃，不至于挨饿。所以虽然大家都知道云层上有仙宫，但都不敢穿

过云层去月轮国，我们知足啦。"小二笑道。

原来是这样……

小二走后，文文道："若是建木村的人不曾动过去月轮国的念头，那守护祭司为何要在云上设下强风阵呢？"

这点，莫薇薇也想不透。

加灵这会儿脑子转得快，忙答道："这村子虽然小，人却不少，保不准就有几个人想要登天求福。说不定，彩虹国的人要这巨树就是为了去月轮国啊。"

小九看着加灵道："没想到大姐头也挺聪明。"

加灵被夸反而一脸不高兴，凶道："什么叫'没想到'？还不允许我灵机一动吗？"

"啊，允许，允许。"小九立刻讨好道。

瞧把孩子吓的。

"既然月轮国就在建木之上，他们彩虹国的人把树搬走也没用啊。那样岂不等于想翻墙进院，却只把梯子拿走？有什么意义呢？"莫薇薇好奇地问道。

"嗯。所以，或许他们的目标是树神，并不是月轮国。"文文道。

　　"彩虹国的人以为有了巨树就有了树神，有了树神就有了无穷无尽的果子吃。他们想要的是食物。"莫薇薇顺着这条思路说道。

　　"但是，他们这样强夺他人之物，即使是用钱财来换取也不对。毕竟这棵树承载着建木村的全部历史，是一代又一代人的信仰，更是他们的文化源头，彩虹国的人太可恶了。"文文越说越愤怒。

　　"看来我们要先解决这件事才行。"莫薇薇也不高兴了。

　　众人都点头赞同。

第 **99** 集

抢夺神树

莫薇薇他们在客栈休息了一晚，第二天又向客栈小二打听一些其他事情。几个人正聊着，客栈外面传来了吵闹声，声音越来越大。

莫薇薇仔细听了一会儿，很快便知道发生什么事了。

"是彩虹国的人来了。走，我们出去看看。"莫薇薇对小伙伴们说道。

几个人点点头，跟着她出了客栈，小跑着赶往村中间的巨树那里。

只见建木村的村民一层又一层，把巨树围了个水泄不通，正叽叽喳喳地讨论着什么，都是一脸愤慨的样子。

莫薇薇他们几个费力挤进人群，想要一看究竟。

人群正中心，巨树边站着村长和一个身穿官服的人。莫薇

153

薇看明白了，是彩虹国的使者来了。他们肯定又是冲着巨树来的，又想要弄走它。这彩虹国的人真是的……

穿着官服的使者劝说着村长："老人家，您怎么就是冥顽不灵啊？我们彩虹国又不是白要这巨树，我们会给你们很多钱啊。"

村长虽然佝偻着背，但是精神头十足，他愤慨地用拐杖在地上敲了敲，态度坚决："我看冥顽不灵的是你们彩虹国的人！跟你们说了好多次了，这巨树是我们村文化的象征，不能让你们移走。"

"若你们想要文化象征，我们彩虹国可以帮你们修筑一个别的建筑物。就在这儿，就在这巨树生长的地方，给你们建木村弄一个巨大的石像如何？石像就雕刻成村长您的模样，多好呀，有了这石像，后辈就会一直记得您了。"使者一脸讨好地向村长建议道。

"不行，不行，石像又不能掉果子。"有村民大喊了一句。

"对啊，石像有什么用？不如掉果子来得实惠。你们彩虹国的人真阴险，知道这神树结果子，就想挪走它。你们国家以后倒是吃食无忧了，我们建木村怎么办？"另外一个村民也愤

怒地说道。

"就是，我们不要钱，钱总有用完的时候，还是吃不完的果子实惠。"一个村民附和道。

他才说完，其他人就跟着叫嚷起来。村长听了直犯头疼，又用拐杖敲了敲地，吼道："最重要的不是果子！我们祖辈代代相传，这神树是咱们村的信仰，是咱们必须守护的东西。就算这神树再也不掉果实了，也不能让外人搬走！"

村长的话说完，村民不再起哄瞎嚷嚷了。

莫薇薇他们也深有感触。是啊，守护祖辈的文化遗产是多么重要的事情啊！

就在这时，村口又响起了更大的喧闹声，似乎还伴随着马蹄声。众人闻声看去，皆是一惊：村口居然浩浩荡荡地来了一支军队。是彩虹国的军队。

莫薇薇心道：这下糟了。看来彩虹国早就计划好了，如果软的不行，就来硬的，进村强行把树弄走。

领头的是一个身披铠甲、留着两撇小胡子的男人。他阴险地笑着，走到近前便冲着使者大骂："你可真是没用啊！来了这么多次，竟然都说服不了一个倔老头吗？"

那使者一脸吃瘪的表情，嘴巴动了动，却没反驳，毕竟对方说的也是事实。

"行了，我不需要你了。"小胡子男人骂完使者后，看向村长道，"看来你是敬酒不吃，非要吃那没味儿的罚酒啊！那行吧，本大爷就成全你。钱，我不给了；树，我一定要！"

"你！"村长气得吹胡子瞪眼。

"来人，把这树给我搬走！"小胡子男人大声喊道。

他一喊，骑兵们纷纷从马上下来，抽出佩剑冲向了巨树——这些人企图用兵器挖走巨树。

这怎么行！莫薇薇等人当然不同意，当即就站成了一排，将巨树护在身后。

"哪来的小鬼？别影响大爷发大财。"小胡子男人瞪眼凶道。

"发大财？难道你不是为了吃这巨树上的果子？"莫薇薇惊讶地问他。

"嘿，我们国王许诺我，若是能把这树挪到彩虹国去，他便赏我万两黄金和百亩良田，到时候吃香的喝辣的，谁稀罕吃这破果子！"小胡子男人不屑一顾地往地上吐了一口痰。

"村长说了那么多，你都听不懂吗？当真是不通人语？"

文文一脸严肃，嘴上却不饶人。

"你、你骂谁呢？你居然敢骂我不是人，太过分了！"小胡子男人大怒，气得脸都红了。

"你这个人好奇怪，我师父明明没说你不是人，你何必骂自己？"小九皱眉道。

"说明他有自知之明。"加灵笑嘻嘻道。

"你、你们几个臭小鬼。来人，把这几个小鬼给我抓起来！"

士兵们闻言，齐刷刷地将莫薇薇他们四个人围了起来。

加灵冷声道："那就看看你们有没有那个能耐了。"

说着，她如疾影般冲过去，对着一个士兵飞起一脚，狠狠地踢在肚子上。那士兵吃痛地喊了一嗓子，然后便倒在了地上。

"可恶！都给我上！"小胡子男人愣了一秒后，大吼道。

小九、文文也加入其中，从容应战。

第100集

树神

　　他们三人和那些官兵打成了一团，莫薇薇被他们护在身后。

　　加灵飞在半空中，动作敏捷，占尽了优势，把那些官兵打得落花流水。

　　文文则翻出了莲花笛，用水流把那些企图挥剑砍过来的官兵冲出了好几米。那些人一靠近，就会被水流击退，根本伤不到他们。

　　小九就更厉害了，手中灵力凝聚，向前一挥，火球一个接一个地飞向官兵，将他们帽子上的缨子都点着了。

　　那些官兵吓得直叫，赶紧摘下帽子扔在地上，用脚把火苗踩灭。

　　三人又是水又是火又是飞踢，不一会儿，那些官兵就被打得鼻青脸肿，一个个瘫倒在地。别说把树搬走，他们连站都站

不起来了。

村长和村民们看呆了，连那个小胡子男人也瞠目结舌。他们都不敢相信，这几个孩子居然有这么大的本事。

"你们这些孩子……竟有如此本领！"村长感慨不已。

小胡子男人像是吓傻了，一动不动，跟冻上了一般。

村长看着小胡子男人，一脸严肃地说道："达天，你也看到了，我们建木村祖上积福，不仅有树神庇佑，连偶然来到村子里的小孩子都有通天本领，护我村子安然无恙。我劝你以后不要再打我们的神树的主意了。"

原来这阴险狡诈的小胡子男人叫达天！

"可恶！你们几个臭小孩给我等着，我绝不放弃！"达天指着他们几个恶狠狠地说。

紧接着，达天大手一挥，那些瘫倒在地上的官兵，或捂着鼻子，或捂着屁股，龇牙咧嘴地叫唤着爬了起来，捡帽子的捡帽子，捡兵器的捡兵器，明明打输了，还一脸不服气地瞪着他们。

"你们都给我等着。撤！"达天带着他的人狼狈地离开了村子。

莫薇薇几个人相视而笑，他们成功地守护住了建木村的神树。

"你们几个孩子可真了不起，竟然身怀异能。"村长走过来，脸上露出慈祥的笑容。

"啊，算、算是吧。"莫薇薇不好意思地挠了挠头，脸颊浮上红晕。

"不过，我们毕竟不住在这里，若是那达天日后再来，又该如何是好？"文文的神情突然凝重起来。

"没错，在这件事情彻底解决前，我们不能离开。"莫薇薇认真地说。

"那怎么办？就在这里等着那个达天吗？"加灵问道。

"我看还是要从神树上调查，不如……我们试着往上爬，看看树上是否真的住着树神。如果树神只是传说，果子也只是偶然掉落的，那达天不就死心了？"莫薇薇提议道。

"我看行。一则，可以察看树上是否真的有树神和源源不断的果子；二则，从树上攀爬上去，有树冠遮挡，说不定能避开云上强风，从而到达月轮国。"文文分析道。

"好。我虽然没怎么听懂，但我觉得师父你说得对。"小九一脸崇拜道。

文文无奈地看着他："都没听懂，就觉得对？"

"我也觉得这个提议不错。我们也别等了，现在就上去看看。"加灵豪气地说道。

莫薇薇点点头，对村长道："村长，我们去树上看看，若是真能让那个达天死心也好。"

村长刚刚听了他们的讨论，心想：这么做反正没什么损失，若真能一探究竟，也好免去达天的死缠烂打，消除他们建木村多年的麻烦。

"那好吧，你们几个孩子可千万要当心。这树顶之上谁都没有去过，也不知道有没有什么危险。我们这村子里都是普通人，也帮不了你们什么忙。"村长道。

"您能同意我们爬树，就是对我们最大的支持啦。"莫薇薇笑道。

"我们这就上去看看。"加灵说着，化出了一对翅膀。

反正建木村的村民们都知道他们几个有异能了，这会儿便不需要再遮掩了。

加灵和文文率先飞到树上察看，莫薇薇和小九在树下对视了一眼，莫薇薇道："走，我们也爬上去看看。"

小九点点头："好。"

四个人，两个人飞在上方，两个人在后面往上爬着。莫薇薇是普通人，力气不如小九大，渐渐地落后了。她心里不由得急躁起来，满头大汗地冲着上面喊了一嗓子："喂，加灵、文文，你们看到什么了吗？"

听到莫薇薇的喊话，加灵朝下方大声回答："这树好高啊。我俩恐怕要飞上好一段时间呢。"

"没错，一直都看不到顶。"文文也说道。

"既然是通天神树，肯定没那么快到顶啊。"小九也跟着说道。

文文往上飞呀飞，始终看不到树顶，有些担心地往下瞧了瞧，大声对莫薇薇道："薇薇，你还是别上来了。这树太高了，一时半会儿看不到顶，若是你半路体力不支，摔下去就麻烦了。"

莫薇薇心里突突跳着。文文说得对，看来，她只能在树下等他们的情报了。

她这会儿也感到了四肢酸软乏力，往下看，建木村变得好小，她居然爬这么高了。这要是不小心摔下去……简直吓人。她连忙回应道："好。那我在树下等你们。"

莫薇薇着急忙慌地往下爬，就在这时，她突然听到头顶传来几声惊叫，她心里一惊，抬头一看，一个黑乎乎的影子唰的一声，从树上掉了下来。

她吓了一大跳：什么东西从树上掉下来了？

那黑影咚的一声落在了地上，莫薇薇震惊不已，匆匆忙忙往下爬。上面的三个小伙伴也发现了异常，都纷纷往树下赶。

四个人回到了树底下，见村民围成了一圈，正热火朝天地讨论着什么，连忙从人缝里钻了进去。

这一看，四个人都吓了一跳。躺在地上的是一个身穿色彩缤纷的华服、面容白皙的长发少年。那少年闭着眼，一动不动。

人群中有人问道："该……该不会死了吧？"

"啊？"其他村民闻言，也都担心起来。

这大白天的，好端端的，突然从树上掉下来一个打扮怪异、脸色惨白的少年，建木村的村民们哪里遇到过这种事？他们一个个六神无主，好半天才想起要找人医治。

"把村口的徐大夫喊来给这孩子看看吧。"

"我这就去。"

文文走过去察看那少年的身体状况，道："不必去了，我就是大夫。"

"啊？这孩子……居然还会给人看病？"

"当真了不得啊……"

村民们感慨不已。

"那当然了，他可是我师父。"小九一脸自豪，连忙跟周围人炫耀自己有一个超厉害的师父。

文文先探了探少年的鼻息，没死，只是身体极其虚弱。从那么高的树上摔下来，为什么他身上居然没有任何外伤？这就有点儿诡异了。难不成这个少年不是普通人类？他是仙，是魔，抑或是妖？文文在心里暗暗地想。

"我们把他移到客栈去，他需要休养。"文文对莫薇薇他们道。

"好。"几个人点头。

小九力气最大，主动揽下了背人回客栈的活儿。

几个人回了客栈后，让少年平躺在床上，他们则围在床边看着。

　　加灵忍不住开口道："他居然没事，好奇怪。"

　　莫薇薇忙说："加灵，你是不是想说，他看起来是个普通少年，为何从那么高的地方摔下来却毫发无伤？"

　　"对对，我就是觉得好奇。"

　　"很简单，他不是人类。"文文道。

　　"可建木村里不都是普通人吗？"小九挠挠头。

　　"从刚刚村民们的反应来看，他们没人认识这个孩子，说明他不是村里的。而且他的打扮也有点儿奇怪，谁会穿这么奇奇怪怪的衣服？"莫薇薇说着，又仔细看了看少年的衣衫。

　　少年的衣服非常夸张，不是样式夸张，而是颜色夸张。莫薇薇仔细数了数，他的衣服上居然有九种颜色！大家都知道，衣服上颜色一多就会显得繁乱，毫无美感啊。也不知道这奇怪的少年是怎么想的。

　　几个人正猜想着，原本躺在床上熟睡的少年突然睁开了眼睛，那一双眼睛竟然是金色的，格外漂亮。他从床上猛地坐起。

　　少年坐在床上，表情茫然又沉静。他环顾四周，发现了四个一脸痴傻的小孩，淡然地问："你们是谁？"

　　"这个问题，我们也想问你。"文文道。

"我当然是高贵无比的鹿族。你们不会看吗？"那少年一脸傲慢地道。

你化身成普通人类的模样，谁看得出来啊！不对！等等！

"鹿族？你是一只小鹿？"莫薇薇大惊。

她突然就想到了那个农妇跟她说过，建木村曾有一个小孩乘着载人风筝飞到云层上，看到了一只小鹿。难道……他就是那只小鹿？

"你是不是月轮国的鹿族？是不是曾经在云层上遇到了一个乘风筝上去的孩子，和他聊了许久，还告诉那个孩子，你是月轮国的仙鹿？"莫薇薇急切地问道。

谁知道，那怪异的少年冷漠地否认了："不是，我如此高贵，又怎么会和凡人随意交流？"

莫薇薇不禁在心里吐槽："抱歉了，高贵的仙鹿，我……也是个凡人，让您浪费口水与我搭话了。"

"那应该就是你的同族了。你是月轮国的仙鹿没错吧？"莫薇薇问道。

"没错。你们几个到底是谁？我这是在哪里？"怪异少年皱眉问。

"我们是寻找月轮国的旅人，爬建木树的时候，刚好看到你掉下来，就下来把你救了回来。你现在在建木村的客栈里，是我师父救的你。"小九指了指旁边一脸淡定的文文。

怪异少年扫了一眼文文，还算客气："那就谢谢你了。我叫九歌。不过，你们要去月轮国做什么？"

莫薇薇想了想，决定还是先别透漏太多："就是听建木村村民说树上有仙宫，我们很好奇仙宫到底长什么样。"

"原来是凑热闹的啊。那你们就别去了，月轮国又不随便接待外人。"那个叫九歌的少年摆了摆手，仍是一脸傲慢道。

"不过，你怎么会从月轮国掉下来？发生什么事了？"加灵问道。

听到这话，九歌皱起了眉头，一脸忧愁道："那是因为月轮国的云朵灵力越来越少了，稍有不慎便会掉下来。"

"月轮国的云朵？云朵灵力？什么意思？"莫薇薇没听懂，忙问。

"笨笨笨，这都不懂！我们月轮国的国土就是建木树上的云朵啊，脚踩之地没有灵力了，当然就会不小心掉下来。"九歌有些焦躁地说。

"啊？建木树上的云就是你们国家的土地啊？"加灵瞪大眼睛道。

"是啊。"九歌点点头。

"可是，云朵上的灵力为什么会越来越少了？"文文问。

"还不都是因为彩虹国的那帮人，总来树下吵来吵去，害得我们国家的女王觉都睡不好，渐渐患上了失眠症，身体也越来越差了。月轮国的云朵可都是女王用灵力控制的。"九歌愤怒地说道。

原来是这样！

第 *102* 集

九色鹿（一）

"所以，是彩虹国的人间接导致了月轮国的云朵土壤没灵力？"莫薇薇蹙眉问道。

九歌点点头，一脸惆怅。他低着头叹了一口气："说到底，这彩虹国的人来建木村闹事，也怪我。"

众人一愣。

"怪你？"加灵问。

九歌冷哼一声，道："怪我多管闲事！那个烦人的达天，我认识。"

"啊？你认识那个达天啊？"莫薇薇吃惊地问道，"你俩是怎么认识的？你应该不是建木村里的小孩吧？"

九歌抬眼认真地看着他们："不是说了，我是月轮国的仙鹿吗？怎么可能是建木村里的凡人？"

"好好，你是尊贵无比的仙鹿。那你说说，你是怎么认识那个达天的？正好，我们也想帮建木村摆脱彩虹国的纠缠。"莫薇薇哄着他，和颜悦色地说道。

九歌对这些孩子还有些戒备心，皱了皱眉头道："我为什么要告诉你们？你们几个与本仙鹿不过萍水相逢，虽然你们救了我，但我刚刚已经向你们道谢了。"

"这……"小九摸了摸脸，有些无措。

这只仙鹿的脾气好臭啊……莫薇薇心想，这下可难办了。

这时，文文自信地笑道："我有办法让你们月轮国的女王摆脱失眠症的困扰。你将你与达天的事情如实告诉我们，我就去月轮国帮忙。"

"文文，你真的有办法治疗女王的失眠症？"加灵大喜。

"师父不愧是师父。"小九又开始拍马屁。

莫薇薇立刻想到了。没错，恐怕还真的只有文文能治好女王的失眠症了。这样一来，他们就能顺理成章地进入月轮国。文文可真是太机智了。

"你……你真的有办法治好我们女王的失眠症吗？"九歌激动得脸色都变了。

"当然。看你愁容满面的样子，想必你们月轮国的人一直没有找到治疗失眠症的法子，何不试试我的法子？反正试一下也没有坏处，也许就有效果呢。这样，云朵土壤的灵力也能恢复了。"文文给他分析道。

莫薇薇、加灵和小九心中十分自豪，有文文做队友，可真是太好了！

九歌皱眉沉思许久，才轻咳一声，一脸娇傲道："嗯，你的话倒是有几分道理，那我便跟你们说说我与那达天的故事吧。"

接着，九歌讲起了很久之前的一件事。

那日，九歌从天上的月轮国飞了下来，落到了建木村村外的一条小河边，在那里玩耍。

那时他尚未化成人形，但也不排斥人类。他只是觉得月轮国下方的建木村山清水秀，民风淳朴。他每天从天上往下看，久而久之，也就喜欢上了建木村。不过他身为天上的仙鹿，还是要和人类保持一定距离的，所以，每次下凡，他都只敢偷偷地在村子边上玩。

那天，九歌正在河边饮水，突然听见一个男子大叫："救命啊，救命啊！"

九歌吃了一惊，连忙循声向河中央望去。正如他所料，有个人掉进了水里，正在胡乱扑腾着。

九歌还以为那是建木村的村民，来不及多想，立刻跳进河里，游到了那人的身边，对他大喊："爬到我背上来，快！"

落水之人怕得要命，在水中胡乱挣扎着，溅起大片水花，根本没听清九歌的话。慌乱之下，他摸到了一只鹿脚，连忙死死地抓住不放，惊慌地喊道："大哥，大哥，救救我！只要您救我，回头我就给您送上黄金，还、还有田契。"

九歌对人类的黄金和良田不感兴趣，听见这人聒噪不休，心中觉得有些烦。他想赶紧将这人救上岸，自己好快点儿离开，就用鹿角顶住那人，用力一掀，将他掀到了自己的背上，然后，就从河里游回了岸上。

男人坐在岸边惊魂未定，用袖子胡乱抹了把脸，勉强睁开了眼睛，这才发现救他的不是人，而是一只九色仙鹿。阳光之下，仙鹿的毛发犹如明亮柔软的彩绸，漂亮极了！

男人惊讶万分，忙跪在地上，拜了拜九歌，感激地说道："我叫达天，是建木村附近彩虹国的人，多谢仙鹿相救。"

"彩虹国？你不是建木村的人？"九歌问道。

"不是啊。我也只是偶然来到这破村子的，谁想到脚底一滑，就掉到河里去了。"达天笑嘻嘻地说道。

九歌本能地对这个人心生厌恶。他虽然知道建木村的人淳朴，但不知道这彩虹国的人怎么样，这下倒好，被陌生人看到了自己的真身。

为了保护自己和月轮国，他语气严厉地对达天道："今日救你之事，别四处乱说，更别把我说出去，听到没？"

"这……仙鹿大人不让小的乱说，是因为还有其他秘密吗？"达天小心翼翼地问。

九歌懒得跟他解释那么多，直截了当道："不让你说就不许说，哪来那么多为什么！"

达天见九歌生气了，立刻点头哈腰道："仙鹿大人请放心，您的话，小的一定铭记在心，绝不会把在这里看到您的事情告诉任何人！对了，为了感谢仙鹿大人的救命之恩，回头小的就把黄金和田契送给您，我们可否约个时间在这里再会？"

九歌立刻摇头："罢了，罢了，你的黄金、良田我又用不上，你自己留着吧。"

"那我就不客气了。"

"……"

他这是救了个什么人上来？

知识注解

　　敦煌壁画故事《九色鹿》：古时候，有一只鹿，它浑身皮毛有九种鲜艳的颜色，人称九色鹿。九色鹿曾在河边救过一人，它不要那人的报答，只要那人保守见过它的秘密。那人所在的国家的王后梦见了九色鹿，想要九色鹿的鹿皮，国王于是重金悬赏九色鹿。那人为了得到国王的赏金，恩将仇报，带兵来捕捉九色鹿。九色鹿对国王说明了前因后果，后国王放了九色鹿，那人则受到了惩罚。

九色鹿（二）

达天说完撒腿就跑，生怕九歌反悔找他要钱似的。九歌也无所谓，反正钱和土地他又不稀罕，看着那达天跑远了，也没当一回事。

此后，建木村依旧风平浪静，人民安居乐业。但没过多久，建木村遭遇了干旱。

九歌救了达天后，还是会偶尔下凡，来到建木村旁的河边玩耍。有一次，他下凡来，发现村外的土地已开裂，连他最喜欢的那条河也几近干涸了，这才知道村子遭遇了干旱。

但他们月轮国不隶属于天庭，和那些掌管雷、电、风、雨等的大神也说不上话，所以一时间他也不知如何是好，只能先到建木村看看情况。

他悄悄潜入村子中。为了避免被人发现，他东躲西藏，一

会儿藏在草垛里，一会儿又躲在巷子里，竖着耳朵听村民讲话。

后来，他躲在一个角落里，听两个壮汉交谈。

其中一人道："村子里总是不下雨，庄稼种不出来不说，连人都要渴死了，这可如何是好啊？"

另外一个人叹了一口气，愁眉苦脸道："是啊，不如……咱们跟村长商量商量……就那个事？"

那人点点头道："行，就这么决定了，走！"

九歌见这两个壮汉突然一脸严肃，也不知道二人有了什么计划，忙跟着他们去了村长家。

在村长家的窗户外，他听到其中一人道："村长，现在建木村旱情这么严重，再这样下去就民不聊生了。不如把村中的巨树锯下来做成木材，运到北方的城镇卖掉，这样我们建木村就有了收入，就可以换回粮油米面渡过难关了。"

"我赞成我大哥说的话。"另一壮汉附和道。

村长闻言，纠结了许久，最后还是摇了摇头："不成，这巨树承载着我建木村的历史，哪是说动就能动的？若是老祖宗在天有灵，知道树就这么没了，被他们的子孙们亲手锯掉换钱了，老祖宗……该多寒心啊……"

那兄弟二人听村长这么说，鼻头一酸，紧接着红了眼眶。大哥底气不足道："可是，老祖宗……也不会就这么看着子孙们活活饿死在村子里吧。"

"是啊，村长。咱们村子本来就不富裕，田里的庄稼是唯一的收成，干旱了这么久，产不了粮，人畜也没有水喝，再这样下去，大家都要饿死了啊。"二弟哭哭啼啼道。

"村长，我们也不希望破坏巨树，但眼下还有什么办法呢？总不能让大家饿死啊。"大哥继续道。

这兄弟二人哭丧着脸，涕泗横流，就差跪地乞求了。

村长心里一酸，也哭得浑身颤抖起来。他心里悲痛万分，没想到祖上的传承到了他这一代竟然要遭遇不测。留巨树挨饿，还是伐巨树救命？实在难以抉择。

"那……好……"村长的话音未落，突然有人敲门。

来人一边敲门一边大喊："村长，村长，先别急着做决定！我想到办法了。"

村长忙收敛了情绪，走过去开门。门外是村子里最勇敢的村民，叫阿灿。

阿灿一身肌肉，皮肤黝黑，脸上还淌着汗水，想是来得匆忙。

他目光炯炯有神，喘着粗气对村长道："我刚赶过来，正好听见你们在屋中说的话。"

"阿灿啊，你刚刚说你有办法，是什么办法？快说来听听！"村长既紧张又兴奋地看着阿灿。

阿灿咽了咽口水，说道："我刚刚去看了村里的粮库，应该还能再撑上一段时间，不如利用这段时间去寻找水源，再想办法将水引到村子里，这样庄稼就有希望了。"

"可……这也只能暂解燃眉之急啊……这旱情不知道要持续多久。"村长皱起眉毛道。

"哪怕只是暂时缓解也好啊。"那兄弟二人中的大哥激动地说。

紧接着，二弟也用袖子擦了擦泪水："没错。我兄弟二人若是能想到这个法子，刚刚就不会来求村长锯掉巨树了。"

"是啊，若有千分之一的希望，谁又会想着锯掉建木村的标志呢？"大哥又道。

"你们……"村长心中十分感动，他没想到大家都如此通情达理。

"好！阿灿，这件事情就拜托你了！"村长眼中溢满泪水，

向阿灿投去赞许和肯定的眼神。

"好。我这就启程！"阿灿郑重地点点头。

阿灿回家简单地收拾了行囊，之后他背上行囊，义无反顾地向村外走。村长本想着让村民一起去村口送他，但是阿灿寻水心切，不等众人来送就麻利地出了村。

九歌心中唏嘘不已。

这建木巨树能直通云上的月轮国，建木村的村民却无人攀爬上来，也不企图乘载人风筝飞到月轮国求仙药，他本就已经感到很奇怪了，毕竟，他听说凡人都很想吃仙药当神仙的。

听到他们的话后，他心中也有些感动，原来这世上还有这么淳朴、可爱的人啊！

绿洲野牛

　　九歌决定了，他要暗中帮助建木村的人渡过难关。他本来想用自身的灵力让巨树结果，再让果子从树上掉落下去，这样一来，村民的至少可以用果子果腹。但眼见着那个叫阿灿的村民背上行囊离开村子，九歌又担心阿灿这一路上会遇到什么危险。他可是建木村所有人的希望啊！

　　权衡之下，九歌决定先偷偷跟着阿灿去寻找水源，暗中保护他。

　　此时，烈日当头，地面温度极高，阿灿穿着草鞋的脚刚一踩到地上，便被灼得生疼。他只好半跳着往前走，直累得气喘吁吁。他不知道何时才能找到最近的水源，只知道自己身负重任，片刻也不敢休息，就这么一路忍受着烈日炙烤，汗流浃背地往前走。

181

九歌看不下去了，叹了一口气，匆匆跑了过去，蹄子在地上踢踏出清脆的声响。

阿灿这一路走得艰难，神情都恍惚起来，没注意到后面的声音。等九歌凑到他跟前的时候，他吓了一跳，脱口而出："哎哟，这荒郊野岭的，哪儿来的小鹿？还、还是九种颜色的小鹿！"

九歌看着他，歪了歪脖子，示意他骑到自己身上。反正他是仙鹿，不畏惧这酷热。这凡人凭脚力去找水源，还不知道要找到猴年马月呢。

阿灿似乎是看懂了九歌的意思，忙对他作揖，有礼貌地说道："我见你皮毛九色，不似寻常小鹿，可是……天神、仙鹿或是山野精怪？"

九歌在心里骄傲地哼了一声。嗯，算这家伙有点儿眼力见儿。

于是，九歌愉快地点了点头。

"啊！我一个凡人怎敢受天神相助？我怕无以为报啊！我、我还是自己走吧。"阿灿说着，抬手擦了擦额上滚落下来的汗珠，继续费力往前走。

九歌一怔：这家伙，还挺顽固。这样一来，他更加想要帮阿灿找到水源了。因为他觉得阿灿比那个达天看起来顺眼多了。

想到这里，他像当日把达天从水里捞出来一般，用头一拱，将阿灿挑到了自己的背上。阿灿又惊又喜，连忙搂着九歌的脖子稳住了身体。他看着九歌的后脑勺唤了一声："仙鹿大人？"

九歌担心自己再不开口说话，这个大傻子会从他背上跳下去，于是十分傲气地对他说道："你坐稳了，我载着你去找水源。你一个人去，还不知道要找到什么时候呢。"

"仙鹿大人，您、您居然会说话？"

"废话，你自己都说了我是仙鹿。"九歌鼻子一哼。

阿灿挠了挠头，憨笑两声，忙道："呃……是，是，那就麻烦您了！"

"嗯，抓稳了。"

九歌说完，便迈开蹄子小跑起来。他是高贵的仙鹿，一跳就是几米远，速度极快。阿灿是凡人，半天才走几里路，慢死了。

不多时，九歌便载着阿灿到了一处荒漠边缘。

"仙鹿大人，咱们都走这么远了，都快到荒漠了，水源到底在何方呢？"背上的阿灿焦灼地问他。

"你别着急，我记得人界荒漠也是有过绿洲的。"九歌仔细地回想了一下，他确实听女王跟他们讲起过人界的山川河流、

自然风貌等趣事。

"好吧。"阿灿叹了一口气。

九歌又往前走了一段路，没想到，还真的在荒漠中寻到了一处绿洲。

远远看去，金黄色的沙漠中有一个巨大的湖泊，清澈的湖水在阳光下闪着光。

湖泊的四周生长着不少翠绿的植物，在阳光照耀下，湖面上波光粼粼，植物青翠欲滴。那里看上去竟然像仙境一般美。

阿灿看傻了眼，他不敢相信，自己终于找到水源了！他从九歌的背上蹿下来，往前小跑两步，一双眼睛瞪得老大。而后，他揉了揉眼睛，一脸痴傻地望着湖泊，心想：这……会不会是荒漠中的海市蜃楼呢？

想到这里，他连忙看向一边的九歌，问道："仙鹿大人，这该不会是传说中的海市蜃楼吧？不会只是幻景吧？"

九歌"啧啧"两声，嫌弃地看着阿灿："幻景岂能骗得过本仙鹿？这当然是真的。"

"哈哈，居然真的让我找到水源了！那我们村岂不是有救了？"阿灿激动得眼眶都红了，看样子又要哭出来了。

"别哭！有什么好哭的？该笑才对。你上来，我载你过去。"九歌嘴上凶巴巴的，心里却是高兴的。

"好。麻烦仙鹿大人了。"阿灿重新爬到了九歌的背上。

九歌载着阿灿又往前走了几步，不过他好像嗅到了一丝不对劲的气味。他走近一看，果然如此，那巨大的湖泊前正站着一头巨大的黑牛！

那黑牛双眼通红，如铜铃般大小，牛角粗长，顶端十分尖锐，似乎蓄势待发，粗大的鼻孔里正喷着怒气，前蹄正在一下又一下地刨着脚下的土，看样子很不好惹。

阿灿的腿顿时就软了，他立刻抱紧了九歌的脖子，身子都趴了下去。

九歌倒是不怕，只是他不知道这壮牛杵在这里干吗，莫非……这是守护沙漠水源的妖怪？

就在这时，那头牛注意到他们了，朝他们看过来。

阿灿颤颤巍巍地趴在九歌的背上，不敢看那头愤怒的牛。他哆哆嗦嗦地问："这牛……是、是干吗的？"

"来者何人？"黑牛厉声喝住他们，蹄子刨得越来越快。

九歌心想：这荒漠中能有一片绿洲实属难得，搞不好这头凶巴巴的牛真的就是守护这片绿洲的，所以不能让这头牛知道我们是为了水源而来的。

他正在想该如何应对，没想到背上的阿灿率先开了口，语气怯怯的："牛仙大人，我是从远处一个小村子来寻水源的。"

九歌头疼：怎么把实情说出来了？

果然，那牛一听这话，本就通红的双眼登时变得更红了，像是有怒火要喷出来。他大声吼道："又是来抢水源的！那就受死吧！"

说着，牛的鼻孔喷出两股灼热的白气，牛顶着一对巨角就要冲撞过来。九歌心里大叫一声：不好！

就在这时，远处出现了几个人，九歌和阿灿吃了一惊，牛也一愣，停下来看了过去。

那几个人带着锐不可当的气势走过来，九歌仔细分辨那些人的身份，好像是其他国家的人。他们当中有一位身穿朴素道袍、玉冠束发的男子。男子神情清冷，眼神淡定，一副镇定自若的样子，仿佛是某位得道大法师。

那几个人中有人站了出来，胸有成竹地道："大牛，今日我带着大法师来与你斗法。若是我们赢了，就把水源分给我们沙之国一些。"

沙之国？这又是哪个国家？

九歌心里产生了疑问，听名字是位于这荒漠中的国家吧？

"哼！就凭你们几个？我还没叫上我的兄弟呢。给我等着。"大牛傲慢地说道，然后仰头"哞"了一声。

瞬间，地面猛地颤动起来，紧接着，从远处传来一阵轰隆巨响，好像千军万马奔腾而来，卷起滚滚烟尘，大地似乎都要被这声音和气势震裂开。

漫天黄沙中，一大群黑壮的牛奔了过来。

糟了，这壮牛还有帮手啊！还是一群！

九歌心里有些慌。凭他的灵力，打一头牛自是不成问题，但……他打不过一群牛啊！讲不讲道理？有本事单挑啊！

大牛的小弟们火速登场，居然有……九歌数学没学好，数不过来……这到底有多少头牛啊？

幸好，大牛立即就替他解答了这道数学题。大牛冷哼一声，冲着他们这两拨人大吼道："看见没？这是我的五百个兄弟。有我们五百个兄弟在，你们休想抢走这水源。"

九歌正琢磨，大牛这句话似有些不对劲呢，耿直的阿灿已经脱口问出："这、这位大牛仙人，你刚才说'这是我的五百个兄弟'，又说'有我们五百个兄弟在'，这五百个到底算不算上你自己啊？"

大牛："呃……这个……"

大牛被他问得一愣，半天说不出话来，大概也是数学没学好。他心中恼怒，脸羞得泛了红。虽然他皮毛黝黑，不怎么看得出来，但九歌心里还是一震：这大牛生气了，他要动真格的了。

"你们这群人，不仅觊觎我的水源，还羞辱我数学不好，

我一定要撞死你们！"大牛愤怒地咆哮。

"你就不能少说两句话？"九歌数落阿灿。

阿灿都快哭了："我……只是好奇啊……"

"惹恼了大牛，你还有命好奇啊！"九歌道。

阿灿懊恼不已，但为时已晚。

"小的们，上啊！"

大牛一声喊，和他的兄弟们分成了两队，一队冲向九歌和阿灿，另一队则冲向了沙之国那几个人。

九歌激发出身体里的所有灵力，仰脖长啸一声，一束金黄色的光从他口中飞出，瞬间在他和阿灿周围形成了一层风之屏障。第一头撞向他们的牛嘭的一声撞在了风之屏障上，脑瓜子被撞得直冒青烟，差点儿给疼哭了。

牛群冲过来的那一瞬，阿灿就吓得赶紧闭上了眼睛，他都做好了被撞死的准备了。等了好一会儿，却没感到任何疼痛，他好奇地睁眼一看：仙鹿大人真的是了不起啊，居然用法术形成的风之屏障阻挡住了牛的撞击。但那些牛还不死心，不停地往屏障上撞，好几头牛的头都渗出了鲜血。

阿灿心中对九歌无比崇拜，不过，没过几分钟，他就发现不妙了——仙鹿大人的法术再强大，也禁不住这么多牛不停地狠狠撞击啊。那风之屏障上开始出现裂痕了，而九歌的神情也有些痛苦，看样子，仙鹿的法力要支撑不住了。怎么办？

阿灿心中惶恐不安。

再眺望远处，沙之国的那群人……居然没事！

他仔细一看，才发现是那法师打扮的高人站了出来。高人镇定自若，手上闪着灵光，紧接着，五指突然冒出五道青烟。青烟袅袅散开，五只威风凛凛的雄狮出现了。

高人斗恶牛

　　高人召唤出来的五头雄狮同时怒吼一声，大地随之震颤，空间仿佛碎裂，将冲过来的牛群震慑住，停在几米之外，再也不敢动弹。

　　随后，这五头雄狮脚下猝然燃起了一团团火焰，那火焰像一条条迅猛的火蛇，瞬间蹿到了牛群面前。牛群怕火，又退出去好几米。

　　而九歌这边，在牛群锲而不舍的冲撞下，他的灵力所剩无几。风之屏障发出一声脆响，裂开了，灵力碎片发着金光，分崩四散。眼看着那群疯狂的牛就要冲向九歌和阿灿了，牛群却突然一动不动。

　　两人惊魂未定，仔细一看，所有牛的四蹄都被一股水流形成的镣铐锁住了。他们顺着水流看去，惊讶地发现，竟是高人大法师使出水属性法术，救了他们。当真厉害！

那高人一脸云淡风轻，一边施展法术用水流镣铐困住袭击九歌他们的牛群，一边支撑着五头雄狮与那边的牛群对峙，丝毫不费力气。

此时，大牛也不敢再轻举妄动，直觉告诉他，眼前的这个法师看起来不好惹。

"大牛，众生平等，谁都有使用水源的权利，荒漠之中的水源尤其珍贵。虽说此处是你们先发现的，但这水源能挽救很多人的性命，你又何必百般阻挠？"高人平静地质问大牛。

大牛沉默了好半天，才道："你们人类不是有先来后到一说吗？怎么现在又说话不算话了？"

高人摇了摇头，道："据我所知，你在寻找水源的过程中被一个孩子救过，是否有此事？"

大牛闻言，一双眼瞬间瞪得更大了。他有些慌张地问高人："你、你怎么知道？你不是普通的道长？"

高人点了点头，神情淡然地道："嗯，我是天神的徒弟，奉师尊之命，下凡救苍生于疾苦。"

"什么？你是天神之徒？"大牛惊愕不已。

九歌和阿灿也惊到了，他们居然……遇到了天神之徒！

"不错。多年前，你在寻找水源的路上因为脱水，晕倒在荒漠之中，当时有一个孩童把自己水囊中仅有的水喂给了你，这才把你救活。其实，这个孩童的国家也非常缺水。一个孩童尚且心存善念，你身为牛仙，竟不如一个孩子吗？"高人淡淡地解释道。

"什么？"大牛惊讶地问，"那个孩子……"

高人知道他想问什么，接话道："嗯，那个孩子便来自沙之国。沙之国如此缺水，她都愿意救你，现在你却霸占整片绿洲，你觉得应该吗？"

大牛的脸上露出了一丝惭愧之色。

"若不是当年沙之国的那个孩子将自己仅有的一点水喂给你，你哪来的命守着这片绿洲呢？"高人的语气虽然温和，说出的话却像刀子一样扎进大牛的心中，他陷入了沉默。

两边的牛群没有大牛的号令都按兵不动，九歌和阿灿心中唏嘘不已，也不知道这次求水能否成功。

过了好一会儿，高人看向九歌和阿灿，然后对大牛道："荒漠绿洲之所以珍贵，是因为它能救人。让一个地方重新活起来，莫要让它失去了本身存在的价值和意义。"

高人说完后，大牛羞愧地低下头。

他不禁回想起了多年前那个孩子救他的场景。他当时对那孩子心存感激，却从未想过那个孩子其实也像他一样，就要陷入绝境。那个孩子……唉……他现在这样，实在是不该。

"我知道了……我这就让兄弟们撤退。"大牛幡然悔悟，冲着天空叫了两声。

蓦然间，那两群牛纷纷转过身子，渐渐会聚在了一起，踏着黄沙浩浩荡荡地离开了绿洲。不一会儿，牛群便同滚滚烟尘一起消失在了远方。

"嗯，既然你明白了其中的道理，我便不会再与你缠斗。"说着，高人手掌一翻，那五只脚下燃着火焰的雄狮瞬间消失了。

荒漠中又恢复了宁静。

九歌和阿灿连忙朝高人跑了过去，两人都很恭敬。

阿灿心中无比激动，像是又要哭出来一般。他忍住眼泪，对高人道："谢谢天神相助。我是建木村的村民，天神可否留

下姓名？来日若是有机会，建木村必将报答您的恩情。"

九歌平时虽然娇傲，但此刻毕竟被人救了一命，所以他也诚恳地说道："多谢天神相救。我是月轮国的仙鹿，名叫九歌。我将谨记天神救命之恩，望天神留下姓名。"

"你二人的事情，我差不多也了解了，我的姓名就不必留了。我下凡走遍人间，救济苍生，本就不图回报，只为师尊积累一份功德，你们只要记得我师尊名叫赤松子便可。"高人淡淡地笑了一下。

赤松子？

莫薇薇、加灵、文文三人同时震惊地大喊："啊啊啊！"

讲故事讲得正带劲儿的九歌被吓了一跳，不满地看着这几个臭小孩大吼："喊什么啊？本仙鹿还没讲完故事呢。"

"你说你在荒漠之中寻找水源时遇到的高人是赤松子的徒弟？"莫薇薇问。

"当然。难道我还能记错？"九歌皱眉道。

不知道这个赤松子……是不是他们认识的那个赤松子啊。

知识注解

　　　　敦煌壁画故事《度恶牛缘》： 佛祖带众弟子和比丘僧到勒那树下去，在经过一处沼泽地时，遇到五百头水牛。水牛中有一头大恶牛，十分凶恶，不让人经过，还欺凌百姓，最后佛度化了恶牛。

九歌与达天

还是文文最先反应过来，他对众人道："刚刚听到的故事中，赤松子的徒弟使用的法术是水流镣铐，说明他会使用水属性法术。我们认识的那个赤松子不正是雨师吗？"

"可说不定也有别的神仙叫赤松子，也刚好会水属性法术啊。"加灵道。

"什么？你们到底在讲什么？我听不懂了。"小九看看这个，又看看那个，很是着急的样子。

哦，对了，小九完全不知道赤松子呢。

于是，莫薇薇简单地跟小九讲了讲他们之前遇到赤松子的冒险故事。

小九听了后大吃一惊："你们之前都经历过这么多惊心动魄的事啊？"

"是啊。不过，现在还不确定九歌遇到的那个高人的师父，跟我们遇到的赤松子是不是一个人。"莫薇薇解释道。

"你们几个叽里咕噜说什么？本仙鹿还没讲完。随意打断别人讲话，真没礼貌。"九歌愤愤不平地插话道。

"啊，对不起，对不起，确实很没礼貌，请你继续说吧。"莫薇薇忙讪讪地道歉。

九歌冷哼一声，继续讲起了故事。

九歌和阿灿被赤松子的高徒所救，大牛因为心中有愧，自愿将荒漠绿洲的水源让给沙之国和建木村的人。

可是，如何把绿洲中的水带回去，是一个大问题。

九歌倒是能用风属性的法术将水运回去，但法术灵力有限，村子里那么多人，还有那么多需要灌溉的农田，他能用法术运回去的水根本不够。

不光是九歌他们，沙之国的人同样一筹莫展。高人见状，当即使出法术，化出了两面精巧的小镜子，左右手各托着一面，分别递给他们两方，道："这是我师父的秘宝，可将水收纳入镜，你们将此镜带回去就好，上面有我的灵力，只要一念咒语，水便可从镜中出来，使用过后，镜子也会自行消失。"

"啊！"莫薇薇大喊一声，"镜子法宝。果然是我们碰到的那个赤松子。"

加灵和文文也点了点头，异口同声道："没错，是他。"

"你们……不听的话，我走了。"九歌大怒，站起身，袖子一甩，就要愤然离开。

莫薇薇马上拦住了他，讨好地说道："我们再也不打断你讲故事了，你说，你说。"

"哼！最后一次。"

九歌继续讲了起来。

之后，沙之国的人和九歌、阿灿分别带着装有水的法镜离开。

在阿灿心中，那面法镜就是整个建木村的希望，所以一路上，他将法镜裹在衣服里，生怕沾上一丁点儿沙尘。

刚到村口，他就兴高采烈地捧出法镜大喊道："村子有救了！村子有救了！"

他一边兴奋地喊着，一边回头看九歌，却猛然呆住了——九歌不见了身影。风卷起一地沙尘，四处寂静无声，仙鹿载着他一路寻求水源的事就像一场梦。

他揉了揉眼睛，震惊地向四处看了看，还是不见九歌。

九歌送阿灿到村口之后，就化成一阵风消失了。他不想让太多人知道他的存在。在云中看着阿灿一脸失落的样子，他心里暖暖的，暗自笑了笑。

之后，阿灿用带回的水灌溉村子里的庄稼，建木村果真从这场干旱中挺了过来。村民们挥舞着双手，在被水滋润着的田间大声欢笑，唱着歌，跳着舞，感恩神明相助，祈求庄稼丰收。

虽然建木村渡过了难关，但是九歌还是履行了自己的承诺。他说过，要用灵力让巨树结果，让果子从树上落下来，这样，建木村的人再也不用担心没有果腹之物了。

他的善举，让建木村的村民误以为巨树之上住着会赐给他们果子的树神。而巨树结果一事，渐渐被村外的人知晓了，这消息不知怎么就传到了附近的彩虹国。

九歌还是会偶尔到建木村旁的河边玩耍，只是他不知道，他好心救达天，又让巨树结果，日后却惹来了许多麻烦。

本来，那天被仙鹿所救，回到彩虹国之后，他就日也思，夜也想，想着要怎么才能利用仙鹿赚取白花花的银子。某天，

他听到了一个消息，说建木村的巨树具有神力，能结果实，树上还住着树神。

他听到这个消息后，脑瓜子一转，立刻将此事连同遇到九色仙鹿的事汇报给了彩虹国的国王和王后。

国王听了以后，心想：若是把那巨树据为己有，就能有取之不尽的果子了，彩虹国岂不是再也不用愁粮仓断粮了？达天向他献策，他便当场拍案叫好，还连连称赞达天有脑子，赏了达天不少钱。

不过，好歹他也是一国之王，懂得先礼后兵，所以先派了使者去建木村，企图说服村长把树卖给他们。谁知道，建木村的人坚决不同意，使者来来回回跑了很多趟，始终没能成功。

于是国王派了达天领兵入村，打算强行挖走巨树，正好被莫薇薇一行人碰到。

九歌说完了故事，脸都气红了，双手紧紧攥拳。他突然想起了什么，又道："不仅那个国王贪图巨树，那个王后更可恶。"

"怎么了？"加灵也很气愤，忙问。

"那王后听说我的皮毛有九种颜色，居然暗中让达天每日去河边寻我。她对巨树没有兴趣，但是对用九色鹿皮做成的彩

衣有兴趣。本仙鹿正是她的目标！"九歌大怒道。

众人听了这话，更气愤了。

这彩虹国的国王和王后也太过分了！

九歌遇险

"难道王后要抓住你，用你的皮毛做衣服？"莫薇薇大惊失色。

"没错。本仙鹿可是月轮国的大祭司，怎么能落入狡诈的人类手中？"九歌愤慨道。

"你是月轮国的……大祭司？"莫薇薇听到"祭司"一词，立刻想到了她在云上看见的那个少年。那个少年穿着宽袖长袍，分明就是古代祭司打扮啊。

"对啊。本仙鹿拥有风之力，是负责月轮国自然风力的祭司。不过那天，我差点儿就被那个臭达天给害死了。"九歌继续说着，情绪激昂。

"后来，达天带兵去河边追杀你了吗？"文文皱着眉头，眼中透出担忧。

"没错，你们再细细听我讲这场惊心动魄的战斗。"

九歌说起了那场战斗。

达天私底下得了王后的命令，每日去河边围堵九歌，企图杀了他，剥下他的九色皮毛。

那一天，达天终于等到了机会，看见九歌正在河边饮水玩乐。达天不知道九歌有什么本事，所以决定先埋伏在草丛里观察一阵。看了一会儿，他就觉得那不过是一只只会玩乐的蠢鹿，他等不下去了。

九歌正自娱自乐着，忽然听见周围草丛里有响动。一开始他还以为是兔子、松鼠之类的小动物在草丛里玩乐，就没放在心上。

谁想到，没过一会儿，草丛里霍然站起来一排排弓箭手，个个拉满弓，将箭头对准了他。

他心中大叫一声：不好！有埋伏！

九歌立即摆好架势准备迎战，却发现从弓箭手队伍里走出来一个人。那人贼眉鼠眼的，留着两撇小胡子，不怎么好看。九歌想了一会儿才想起，这人正是他曾经救过一命的达天。

达天捋了捋自己的小胡子，一脸坏笑。他慢慢靠近九歌，

得意地说道："嘿嘿，仙鹿大人，好久不见啊。你果然经常来河边啊。"

"是你？那日我在河里救下的人是你，对吧？"九歌问道。

"没错。小的达天，虽然被你救过一命，但是……抓了你，剥了你的皮，王后娘娘会赏我黄金万两和百亩良田，啧啧……这买卖不亏。"达天狞笑两声。

九歌闻言，勃然大怒，大骂道："好你个达天，本仙鹿大发善心，把你从河里救出来，你非但不感激我，还把我的秘密告诉别人，甚至企图用我的皮毛换取利益！你当真是忘恩负义之人！"

"哼，人不为己，天诛地灭。你的九色皮毛世间罕见，王后娘娘非常想要。若是把你的皮毛献给王后娘娘，我就发达了。"达天阴险地笑着。

"你……身为人类，当真可恶！"九歌气得大吼。

"废话少说，来人啊，给我射死他！"

达天大喝道，大手一挥，示意站在他身后的那排弓箭手准备放箭。

九歌这才惊觉敌众我寡，情况相当不妙。

九歌当即仰天长啸，口中喷出了一阵巨大的旋风，就是那风之屏障。与此同时，几十支闪着冷光的利箭向他飞来，撞到了风之屏障上，发出砰砰的声响，尽数折断，掉落在地。

达天惊讶不已，心想：这仙鹿不仅皮毛值钱，竟然还会奇怪的法术。要是把它活捉了献给国王、王后，搞不好会拿到更多的封赏。

想到这里，达天对着那群弓箭手吼道："别伤着要害，留他一条命。射他的腿，将他射残了，好带回去。"

九歌一边用法术维持着风之屏障，一边对着达天怒骂："好你个贪得无厌、残忍恶毒的达天，我真后悔那日救了你！"

"哈哈。现在后悔，为时已晚。仙鹿大人，不如解除这法术，束手就擒吧。"达天猖狂地笑道。

九歌哪会听他的话，身体激发出前所未有的灵力，将风之屏障的效力发挥到最大。

"哼，你有法力，我有兵力，谁怕谁！"达天说着，大手一挥，远处的丛林中又冒出来一批弓箭手。这些弓箭手对着九歌的后背射箭，九歌心中一惊，立刻又在自己背后化出一个巨大的风之屏障来抵挡攻击。

他心中十分纠结。

因为他很喜欢建木村，喜欢村子里淳朴的村民，所以他对人类怀有善意，不想随便动用仙力伤人，即使眼下处境危险，也不忍用巨大的风将这些人卷走。

可是……这帮人实在是欺人太甚，太可恶了！

百般忍耐之后，他终于控制不住情绪了。

就在这时，空中刮起一阵强烈的龙卷风，那风裹挟着金色的砂砾，发出恶龙咆哮般的吼声席卷而来，把达天的弓箭手尽数卷跑了。

九歌一时半刻没反应过来。他本就具有风属性法力，自然不会受到这强风的影响，只呆呆地看着大风在自己周围肆无忌惮地刮着。

他很快便惊觉，这股风是……

达天被这龙卷风吓得腿一软，登时就瘫倒在地上，冲着风中一个黑色的影子喊道："饶命啊，饶命啊，您又是哪位神仙爷爷？小的给您叩头了。求求您放过我啊！"

九歌看着达天那谄媚、畏惧的模样，心中十分鄙视，这人真是……太恶心了。

　　"百般忍耐，换来的不过是被诛杀的命运，你可真是可笑。"强风中那黑色的人影冷笑道。

　　九歌知道来人是谁了。

　　"还不快滚！若是再来，下一次就是你的死期。不仅是你，你们彩虹国的所有人都得死。"风中的黑影冷冷地对达天说道。

　　原来他是故意留下达天，好让他带口信的。

　　"是、是，小的再也不敢打仙鹿大人的主意了。"达天四肢趴在地上用力地磕了个头，然后狼狈地跑了。

　　人一走，九歌便撤了风之屏障法术。对面的黑影也撤了法术，慢慢向他走了过来。那黑影穿着黑色的祭司服，宽袖长袍，气质凛然。

　　"再过一段时间你便可化成人形了。"黑衣少年对他道。

　　九歌心中一惊："你怎么知道？"

　　"从女王那里听说的。等你化成人形，今年的祭司大会我等着你。"黑衣少年冷冷一笑，眸子里有光一闪而过。

九歌看着他，瞳孔一亮，颇为自信地说道："你等着吧。今年的祭司大会，拔得头筹的人一定是我。"

"哼，希望到时候你别又心软，连个法术都不敢使。"黑衣少年挖苦他。

"哼！你飞廉又不是手无缚鸡之力的凡人，你觉得我会对你手下留情吗？"九歌傲慢地道。

"但愿如此。"那个被九歌唤作飞廉的黑衣少年说罢，突然周身卷起烈风，风一散，他已经消失不见了。

之后，九歌为了参加月轮国的祭司大会，努力地修习法术。终于有一天，他化成了人形，成了一名合格的大祭司。

而达天，自那日被飞廉的风之法术惊吓到了之后，就再也不敢来这条河边找九歌了。

可是，他始终贼心不死。王后娘娘的指令没能完成，他每日心惊胆战。为了黄金和良田，他说什么都要完成国王交代的任务，于是经常去建木村骚扰村民，企图把能结果实的巨树弄走。

事情就是这样的。

莫薇薇几个人听完后，唏嘘了好一阵子。

没想到村民们口中的树神……就是九歌啊。这小子虽然看

上去脾气臭，十分傲慢，但心地善良。那个可恶的达天恩将仇报，如此对待他，他都不曾动过杀念。这只九色鹿还蛮好的嘛。

莫薇薇想起一件事，问道："你刚刚说你的同僚，就是救了你的黑衣少年，也是月轮国的大祭司？"

"没错，他叫飞廉。怎么了？"九歌反问道。

"那个人……我曾经见过，我想一定就是他。"莫薇薇看了看周围的小伙伴。

几个人瞬间想到了莫薇薇之前乘坐风筝时在云上看到的那个少年。

"难道你在云上看到的少年就是飞廉？"加灵问她。

"根据九歌的描述，错不了。"莫薇薇很肯定，然后又看向九歌，"飞廉是不是专门守在云层之上，制造强风，不让人随意前往月轮国？"

九歌哪能想到这帮小孩居然已经跟飞廉打过照面了，闻言，他惊讶极了："对啊，月轮国岂是凡人随便进出的？当然会派祭司轮流看守。不过……你们已经见过他了吗？"

莫薇薇认真地点了点头："那就没错了，我之前看到的人的确是他。"

九歌突然情绪激动起来，大声对莫薇薇道："你居然早就见过他了。怎么样？那个人是不是特别傲慢？整天拉着个大长脸，好像每个人都欠他钱似的，脾气古怪又傲慢，是不是特别讨厌？"

众人沉默，你……也差不多如此啊……

"不过，你刚刚说的祭司大会又是怎么回事？"文文对这件事情更感兴趣。

九歌一脸自豪地道："我们月轮国的祭司大会，就是每年举行一次的比武大会。"

"比武大会？这么刺激！我能参加不？我也想要参加！"加灵兴奋地说。

"不行不行。我们月轮国的比武大会，哪能随便一个人就能参加啊？只有月轮国的祭司和大法师们才能参加，说白了就是斗法大会。"九歌解释道。

加灵失望地叹了一口气，刚刚的兴奋劲儿瞬间消失了。

"原来是斗法大会啊。那你们这个斗法大会赢了会如何呢？"小九好奇地问道。

"若是在斗法大会上赢了，就能获得一样女王赠送的珍贵

的宝物。"九歌道。

"宝物？什么宝物？"加灵的眼睛闪着亮光。

"这可不能告诉你们，毕竟是我们月轮国的东西。"九歌一脸警惕地说道。

几个人沉默下来，各自陷入沉思。

加灵想的是那宝物到底是什么，会不会是乐器。

莫薇薇想的是那个神秘少年，她总觉得在哪里听过"飞廉"这个名字。

文文想的是斗法大会，祭司和大法师们斗法，到底会是什么样子？会不会精彩万分？这世上他不了解的事情还有那么多，真想亲眼看看。

至于小九，他的大脑空空如也。

"好了，本仙鹿与那臭达天的故事都跟你们讲完了，你们刚刚答应我的事情可不能反悔啊。"九歌对他们道。

"放心，承诺你的事情，我绝对不会反悔。你现在感觉身体如何？头晕不晕？"文文关心地问他。

九歌脸一红，觉得有点儿尴尬，于是板着脸装模作样地咳嗽一声，道："本仙鹿可是仙人，不过是摔了一跤，哪里会那么容易头晕？"

　　莫薇薇在心里吐槽：你那哪里是摔了一跤？分明是从天上坠落到地上，普通人早就摔死了。

　　"既然你没事了，那就立刻带我们去月轮国吧。我这就去给你们的女王治疗失眠症。"文文道。

　　"好。看来你们倒是守信之人，我可以带你们去。"九歌点点头。

　　太好了，他们可以去月轮国了。

"事不宜迟，我们赶紧走吧。"九歌说着，就带头出了客栈。

几个人连忙跟上。

一路上，几个人叽叽喳喳地闲聊着。莫薇薇问走在前面的九歌："我们该怎么去月轮国呢？巨树之上还有飞廉施法的强风呢。"

九歌扭过头看了她一眼："哼，我有办法避开他的强风法术直接去月轮国。"

几个人都很好奇。小九问："什么办法？"

"你们等会儿就知道了。"九歌说着，脸上露出得意扬扬的笑容。

一行人跟着他回到了巨树边上，几个村民见了，连忙走上

前来关心地问道："哎呀，这不是刚刚从树上掉下来的孩子吗？你没事了吗？"

九歌不好意思地点点头："我没事了，多谢你们。"

几个小伙伴相视而笑，村民们却一头雾水。

九歌心念一动，自己马上就要施法了，不能让村民们看见，以免吓到他们，再造成恐慌，那可就麻烦了。

于是，九歌带着莫薇薇他们去了隐蔽的地方，周围没有村民。

九歌道："我要施法了，不能让村民们知道我是天上的仙鹿，这儿隐蔽点儿。"

莫薇薇问九歌："你为建木村的村民们做了那么多好事，为什么你不愿意告诉他们吗？他们还不知道你就是他们的树神呢。"

九歌不屑一顾道："喊，本仙鹿做这些又不是为了让村民们回报我。你以为本仙鹿那么不上档次吗？"

几个人看着他扑哧一笑，这只仙鹿还有点儿可爱嘛。

九歌脸一红，有些恼怒地大叫道："笑什么笑？你们还去不去月轮国了？"

"好好，不笑你了，你快点儿施法吧。让本歌神看看你的法术。"加灵哄道。

"好，等着。"

九歌说着便轻轻闭眼，掌间突然发出微弱的光，他开始施展法术了。

四个人围着他，看着他掌间凝出的灵光，心中既期待又惊喜。

不一会儿，九歌手中的光渐渐变成了七彩的光束，正好有赤、橙、黄、绿、青、蓝、紫七种颜色，然后变成一个彩虹球。

那流光溢彩的彩虹球越来越大，慢慢向一端延伸，不断地拉长，竟然变成了一条小路！

众人无比震惊！

九歌居然用灵力化出了一座通往天空的彩虹桥。这也太厉害了吧！

彩虹桥越来越长，越来越宽，向着天空的浮云延伸。众人既惊讶又兴奋地看着阳光下的彩虹桥。只见那桥身如七彩薄雾，又如天上的仙女们穿在身上的七彩纱衣一般，轻盈朦胧，十分

浪漫，把他们都看呆了。

"哇……这彩虹桥好漂亮啊！"莫薇薇的眼睛都看直了，她不敢眨眼，生怕一眨眼，漂亮的彩虹桥就消失了。

"九歌，你的法术挺厉害啊，居然能在空中造桥！"加灵兴奋地说道。

"人外有人，天外有天，这法术当真不错。"文文立即赞许道。

"好美的彩虹桥！不过，看上去……是透明的，我们踩上去不会掉下来吗？有点儿怕啊……"小九虽然喜欢这彩虹桥，但是比较担心会不会走到半路就摔了下来。

"你们放心，这彩虹桥虽然看上去若隐若现，好像随时可能踩空，但是有本仙鹿超强的灵力维持，人走在上面是掉不下来的。"九歌扬了扬下巴，自豪地说。

"嗯，我信你。你那么善良，又那么厉害，肯定没问题的！"莫薇薇看着九歌道。

九歌脸上顿时浮现出娇羞的红霞，眼睛慌忙看向别处，别扭地说道："那、那是当然。本仙鹿可是月轮国的大祭司，怎么可能没点儿能耐？"

"嗯，那我们快上去吧。只要沿着彩虹桥一直往上走，就能到达月轮国了吧？"文文问九歌。

"没错。这座桥能跨过飞廉的强风地带，这样，你们就不会被强风吹下来了。不过，走到强风地带上方的时候，你们还是要小心点儿，千万别踩到桥身以外的地方，不然可就麻烦了。"九歌提醒他们道。

几个人认真地点了点头。

于是，由九歌打头阵，五个人走上了彩虹桥。阳光穿透云朵，照射在彩虹桥上，桥面熠熠生辉。脚踩在桥身上，仿佛踩在一层软绵绵的丝绸之上。

几个人一边小心翼翼地往上走，一边低头看着脚下的风光，又惬意，又舒适。

几个人一边感受着彩虹桥的新奇，一边说说笑笑。九歌听他们说着一路上的神奇大冒险，时而挑眉，时而大笑，时而又满脸震惊。几个人说得正开心，彩虹桥之下的建木村中突然传来马蹄声。

所有人都听到了这一阵声响，低头一看，一大拨军队来到了建木村的村口，企图冲入村子里。

　　莫薇薇凝神一看，心里顿时咯噔一下。

　　那带着人马气势汹汹前来的人，不是达天又是谁？

　　这人被打得落花流水地离开，居然贼心不死，又组织了更多的人马过来，企图抢走巨树。

大战彩虹国

"太可恶了，这次绝不轻饶他！我们这就下去跟他打一架！"加灵是最冲动的那个，率先变出翅膀来，气冲冲地俯冲下去。

其他人也不再犹豫，纷纷从彩虹桥上下去，准备与她一起迎战。

此刻村民们已惊呼着聚集起来，站成一圈，将巨树死死护在身后。

"咱们就站在这里，把树围起来，看他们彩虹国的人能有多嚣张！"有人大喊道。

"没错，有本事就从我们的身体上踏过去！"

"一而再，再而三地要强抢我们村子的神树，真是太可恶了！"

"来啊，大家把这群人打跑，不能任由他们欺负！"

"没错，大家一起保护神树！"

看着目光坚定、紧紧团结在一起的建木村村民，莫薇薇心中充满了感动。他们真是一群勇敢的人！

"今天说什么也要把树给我挪走。你们都给我上！"达天吼了一嗓子，他身后的军队顿时山呼着回应他："是！"

那些士兵无所顾忌地挥舞着刀剑，冲向了村民。简直太过分了！

莫薇薇怒上心头，冲着小伙伴们大喊了一声："伙伴们，保护村民，保护巨树！"

"好！"伙伴们的斗志也都燃烧了起来，一起冲了过去。

加灵最敏捷，她飞在高空，抬起强有力的腿，唰唰几下就将士兵手里的刀剑踢落在地上。

紧接着，她在空中旋转了三百六十度，一个倒钩，踹向士兵们的下巴，把他们踢翻了。那些人吃痛倒在地上，一个个捂着下巴，龇牙咧嘴地叫唤着。

文文则翻出了莲花笛，一股巨大的水流猛然铺开，形成水流屏障护在了村民们面前。所有挥舞过来的刀剑一碰上水流屏

障，顿时像被拔了爪牙的狮子，软弱无力地掉在地上，没了气势。

小九心中有所顾虑，但他只稍稍迟疑了片刻，便靠着意念将一直没有用过的雷公鼓召唤了出来。

自从雷公鼓认了他当主人，他便可随时用意念召唤它。这会儿，他心念一动，右手一伸，掌间顿时灵光凝聚，形成了雷公鼓的样子。十二面鼓在空中变大，落在他的身体周围，隐隐发出蓝紫色的电光，那气势颇为震慑人。

莫薇薇对小九道："小九，雷公鼓的威力不同凡响，你千万不要伤着村民，也小心点儿，别破坏了村子里的房子和树木。"

小九看了莫薇薇一眼，严肃地点头道："好。"

然后，他双目一瞪，将鼓的威力调整到了最小，随即嘭的一声拍了下去。刚刚还是万里晴空，顷刻间便闷雷滚滚，乌云朵朵。紧接着，一道道蓝紫色的电光如迅捷的毒蛇，从天空蹿到了地面上，往那群士兵的脚下劈去，劈出一个个深坑，劈得满地都是焦土。

村民们眼见刚刚还好好的大晴天，突然就打雷了，个个惊讶不已。他们正不明所以，听到一阵阵鼓声，瞬间就明白了，

是那个梳着朝天辫的少年在施法。

他一击鼓，天上就打雷？这群孩子究竟是什么人？难道是天神下凡？

莫薇薇看着那些电流迅捷地移动，再看向文文的水流屏障，忙对着小九大喊道："小九，当心点儿，千万别把雷电打到你师父的水流屏障上。水能导电，若是电到村民们就糟糕了。"

"啊？"小九闻言吓了一跳，忙收住了力度，尽力控制住四处乱窜的电流，大声回应，"我知道了。我一定跟师父好好保护村民。"

天空乌云密布，黑压压一片，令人窒息。

那群士兵不服输，一个个叫嚣着，挥着刀剑冲过来。达天见这群孩子有异能，心中到底有些畏惧，但转念一想，自己有军队，怕什么？

于是，他悄悄地躲到队伍最后面，静观其变。

士兵们继续向前冲。加灵以一敌十，瞬间撂倒一片；文文负责用水流屏障保护百姓；小九疯狂击鼓，一道道雷电从天而降，打在士兵的武器上，那群人被电得一激灵，手舞足蹈地做了几

个滑稽的动作之后，纷纷倒在了地上。

这时候九歌也使出灵力变化出了一道风之屏障，用金色的旋涡掩护住莫薇薇他们几个。几人顿时形成了可攻可守的战斗模式，简直无敌。

村民之中有人看到了那金色旋涡般的风之屏障，眼前一亮，胸口涌上一股热流。

那村民认出了九歌，兴奋地大喊道："您……是不是仙鹿大人？我是阿灿啊。您还记得我吗？"

九歌闻言，看向人群中那个冲着他大喊的人，果然是……阿灿。

这傻小子，怎么还记得他啊！

九歌心中很是纠结。他并不想让阿灿认出自己，更何况他这会儿正打着架，根本没空与阿灿讲话，所以，他干脆别过头，无视了阿灿。

阿灿见状，一脸失落。

战况紧急，所有人都在竭尽全力与达天的士兵奋战。村子中灵力满溢，刀光剑影，喊声震天，场面极度令人震撼。

良久，最后一个士兵倒下。众人喘着粗气，看着遍地的士兵，

一时都没有说话。

村民们一个个也看得目瞪口呆。

一时间无比安静。

过了一会儿，莫薇薇拍了拍胸口，脸上露出灿烂的笑容："我们赢了！"

第 **112** 集
旷世奇功

所有人顿时欢呼雀跃起来，人们挥舞着双手，高喊着"打赢啦"。小小的建木村一时间热闹非凡。

莫薇薇他们对视一眼，都开心地笑了。

"出来。"这时，文文冷冷地对躲在一边的达天道。

达天浑身一震，一张脸顿时吓得惨白。

小九也十分讨厌这个达天，表情一怒，一道闪电从天而降，正好劈在达天的脚边。达天吓得哆嗦起来，忙跑了出来。

"少侠们饶命，少侠们饶命。"达天又开始跪地求饶。

"若今天又放走了你，你一定还会再来，不如……"文文的脸黑了下来。

几个小伙伴心领神会，将达天团团围住，一个个阴沉着脸看着他。

达天预感大事不好，吞了吞口水，再转头一看，他的人都倒地不起，打滚的打滚，昏迷的昏迷，个个鼻青脸肿，再也爬不起来战斗了。他心中那点儿侥幸顿时也没了。

"仙鹿大人！"

几个人正围着达天做出一副凶样，耳边突然传来一个男人的声音，正是阿灿。九歌心道：不妙。这大傻子没完没了啊！

阿灿这么一喊，村民们都好奇地随着他的视线看了过来。九歌眉毛一挑，一副恨铁不成钢的模样。他忍了忍，终于转过头去，对着阿灿怒吼一声："你认错人了！"

阿灿这会儿却机灵了："不，就是你。我只是喊了一声'仙鹿大人'，其他人都不理我，为何就你理我？"

九歌："……"

啊，被算计了！

可恶啊，这家伙智商变高了。

算了，他不装了。

九歌红着一张脸道："行了，行了，就是我，你想干吗？"

莫薇薇忍不住吐槽九歌："人家一定是想感谢你啊，你干吗搞得跟要打架一样？"

九歌脸上又是一红。他就是不懂如何表达，不行吗？

阿灿见他承认了，瞬间热泪盈眶。

阿灿转头对所有的村民道："大家看仔细了，这位就是昔日帮我找到水源的仙鹿大人。没有他，我们建木村就没有今天。我们一定要谨记仙鹿大人的恩情。"

村民们静静地看着九歌，愣住了，好半天才回过神来，眼中含泪，虔诚地对着九歌拱手道："感谢仙鹿大人！"

九歌往后退了一步，羞得不知道该说什么。他最烦这种场合了。

加灵大大咧咧地拍了九歌的肩膀一下，爽朗地说道："做好事总有一天会被人发现的，你看，建木村的村民们多喜欢你呀。"

九歌挠了挠脸颊，含糊地应道："啊，嗯……"

这时，一直藏在人群中没发声的村长站了出来。他佝偻着背，眼中含着感动的泪水，上前走了两步，拉住九歌的双手道："仙鹿大人，多谢您！"

九歌脸一红，连忙摇了摇头："这、这不算什么。本仙鹿不过顺手帮忙。"

"不知仙鹿大人可否同意让我们村的画师将您的相貌画出来？"村长问。

"画像？"莫薇薇脱口而出。

村长笑着点头："庇佑之神的仙容，我想一直保留下来，以后也可以讲给后辈听，就说曾经有一位仙鹿大人救过建木村。我还想为您立一座雕像，供奉在村子的祠堂里。不知道仙鹿大人允不允许？"

"哇，你真的成神了，有人供奉你了。"加灵哈哈大笑。

九歌有些不知所措，表面却十分淡定，侧过头冷哼一声："也……不是不行。"

"好。多谢仙鹿大人。"村长万分感激，阿灿和其他村民都开心地笑起来。

这时，达天想趁着没人注意溜之大吉，没想到机敏的文文一直用余光瞄着他呢，怎么可能就这么让他跑了？

所以，达天刚往后退了一步，莲花笛里便飞出一股水流，那水流变成镣铐，迅速捆住了他的一只脚。达天被那镣铐绊了一下，摔了个狗啃泥。

其他人注意到了身后的动静，纷纷转过头去，恶狠狠地盯

着达天。达天知道自己这下真的跑不掉了，干脆哭丧着脸瘫在地上不动了。

"你作恶多端，贪婪无度，还恩将仇报，罪该万死。"莫薇薇正义凛然道。

"我……再也不敢了。"达天用胳膊挡住脸呜呜地哭了起来。

"哼，我再也不相信你了。你这人的话不能信。我不能再心软了。"九歌双手叉腰道。

"九歌，你有办法解决他？"小九好奇地问。

"哼，当然。"九歌一脸自信。

"什么办法？"莫薇薇忙问。

九歌不说话，掌间灵光乍现，慢慢形成一个小型风暴，那小型风暴越变越大，竟然变成了小型龙卷风。众人顿时一惊。

达天看着那小型龙卷风，喉咙一涩，大喊一声："饶命啊！"

九歌再也不想同情这个坏蛋了，目光一沉，龙卷风向达天卷了过去，一瞬间就将他卷走了。只见那龙卷风裹挟着枯枝、树叶和达天的身体呼呼转着，一路出了村子，风里隐隐约约传来达天的鬼哭狼嚎。

没一会儿，龙卷风卷着达天消失在了众人的视线中。

几个小伙伴们惊叹不已。过了好半天，莫薇薇问道："你把他弄到哪儿去了？"

"放心，那风刮不死他，不过够他难受一阵子的了。风会一直把他带回彩虹国，而且会在建木村与彩虹国之间形成一道风之屏障，从此以后，彩虹国的人再也来不了建木村。"九歌双手叉腰，得意地说。

"好厉害！"小九一脸崇拜地看着他。

文文瞟了一眼小九，小九立刻察觉到了不对劲，忙补充道："师父更厉害。"

文文冷哼一声。

莫薇薇："……"

"好啦。本仙鹿先前一直不忍心使出这旷世奇功，这回终于下决心解决了问题。"九歌回头看向他们，"走，去月轮国！"

几个人点点头："好。"

抵达月轮国

　　建木村的画师为九歌画完像之后，村民们欢送他们重新登上了彩虹桥。几个人一路小心翼翼地往上走着，脚下的村子变得越来越渺小，人们的欢呼声也渐渐听不见了。

　　路走到一半，果然来到了一处强风地带，是飞廉的风系法术形成的。莫薇薇四处张望，这次却没有看到飞廉的身影。

　　这时，九歌的声音从前方传来："下面就是强风地带，千万小心！别掉下去！"

　　"好！"后方的几个人回应他。

　　七彩的透明桥身下旋涡一般的强风，正如猛虎般呼啸着，似乎要将空中的云朵都吹散，像是瞬间就能将彩虹桥斩断。几个人一边往前走，一边低头往下看，心里惴惴不安。

　　小九浑身直哆嗦，脚底下发软，心底不停地念叨着：可别

被吹下去，别被吹下去。

他越是这么想，身体越是不能保持平衡，脚一软，身体一斜，眼看就要从彩虹桥上掉下去。

"啊！"小九大叫一声，闭上眼睛。

下一秒，一只手一把拉住了他的手腕。他心有余悸地睁开眼睛，发现自己正好好地站在桥上，是他师父紧紧抓住了他的手腕。

小九感激涕零地喊了一声："师父。"

文文看他那副战战兢兢的模样，叹了一口气，手上一用力，把他稍稍往里面拉了一点儿，教训他道："你越害怕，越站不稳。别往下看了，看前面。"

"是。"小九领命，立刻调整了心态，心情平稳了一些，继续往前走。

几个人终于顺利通过了强风地带。

他们又走了好一会儿，才看到远处有座被璀璨金光笼罩着的巨大宫殿。几个人惊呆了：高空浮云之上，真的有一个国家！

九歌带着他们走到月轮国的入口，几个人左看看右看看，发现月轮国的土地都是软绵绵、白花花的云朵，像铺在地上的

棉花糖一般，白净绵软得让人想咬上一口。

"哇，月轮国的土地真的是云朵呢！"莫薇薇兴奋地说道。

"九歌大人，您怎么把陌生人带到月轮国来了？"看门的守卫老远就发现了不对劲，等人一走近立刻问道。

九歌对守卫道："没事，这几个人是我特意找来给女王看病的，你们放行吧。"

守卫听了这话，不敢阻拦，立刻将长戟往回收，镶着璀璨宝石的大门随即敞开，一股清风从门里吹来。

众人往前走了几步，都是一脸惊奇。门里的世界，是他们从没见过的。

浮云朵朵，铺成了一条条悠长绵软的小路，向四处延伸。远处，大片起伏的云朵像绵延的小山，小山上盖着各种糖果色的屋舍，赤、橙、黄、绿、青、蓝、紫，色彩缤纷，真漂亮！

"哇，真美啊！"几个人忍不住惊叹道。

"我们月轮国到处都是美景，你们这才看了一点点儿，就惊讶成这样，真是……"九歌在前面娇傲地说道。

"我们现在要去女王陛下的寝殿吗？"莫薇薇在后面问。

"是，女王陛下被失眠症困扰多日，每天都待在寝殿里，

没有精力处理政事，长此以往，我们国家就要完蛋了。"九歌说着，眉头一蹙，不由得加快了脚步。

"嗯，事不宜迟，我这就去给女王治疗。"文文一脸自信地说道。

几个人沿着云朵小路往前走，绕过几座漂亮的房屋之后，终于看到了一座富丽堂皇的宫殿。宫殿的墙洁白如雪，屋檐金灿灿的，闪着光，大门上雕着精致的花纹。

九歌站在宫殿门前道："这里是女王的寝殿，进去以后，你们不可喧哗，女王陛下最怕吵。"

莫薇薇等人认真地点了点头。

九歌又和宫殿门口的守卫打了声招呼，守卫给他们放行。大门一开，眼前是一条宽阔的长廊，长廊也是金碧辉煌的，几个人看得眼睛都直了，却不敢耽搁，快速往前走着。

就在他们快要走到内殿大门前时，突然从身后刮来一阵阴风。

之所以说是阴风，是因为那阵风凉飕飕的，让莫薇薇几人的后脊梁骨直发寒。

九歌最先察觉，心里大叫一声：不好！

然而那股阴风从他们背后刮过，一直来到内殿前方，紧接着在内殿门前形成一个风之旋涡。那旋涡很快消散开来，现出一个人影。莫薇薇定睛一看，是一个黑衣少年。

这个人，就是那日她在云层上方见到的黑衣少年——飞廉。

飞廉拦在前方，明显是不让他们进去。几个人停了下来。

九歌心中恼怒，指着飞廉道："飞廉，你做什么？让开！"

"勿吵。"飞廉此时没戴面具，一张白皙清秀的脸冷得像是覆着寒霜。

九歌降低了音量，小声重复了一遍："飞廉，你做什么？让开。"

飞廉却不理会九歌，而是冲着莫薇薇他们道："你们还敢来？"

"我们是来治疗女王的失眠症的。"文文上前一步，不卑不亢道。

飞廉冷哼一声，嘴角勾起一个冷笑："来路不明者，死。"

众人一惊！

第114集
分不清敌友

飞廉是风之祭司，行动速度比加灵还要快。飞廉说完那句话，众人还没有反应过来，他的右手瞬间化成了飓风之刃，向他们几个人劈了过来。

说时迟，那时快，文文迅速翻出了莲花笛，咣的一声，莲花笛与飞廉徒手化出的风刃撞击在一起。

莫薇薇心里一慌。加灵目光凝重，敏捷地将她拉到了一边，抬起脚踹向了浮在半空中与文文对峙的飞廉。

飞廉目光一沉，躲开了加灵的攻击，轻盈地翻身而起，飞到了旁边一根梁柱上。文文趁机用莲花笛吹出了一股强大的水流，直直冲向飞廉。

飞廉袖子一挥，面前瞬间形成了一道旋风屏障，那旋风飞速转动，竟然把莲花笛的水流撞向了另一边，发出咣的一声响。

莫薇薇脸色惨白，心道：这个人……好强。

被撞击开的水流冲向了另一边的梁柱，梁柱承受不住，瞬间裂开了一道深深的裂纹。

"飞廉，住手！这几个人是我带来的客人！"九歌在一边大喊起来。

没想到飞廉根本不理会九歌，继续攻击他们。只见飞廉手中化出一个小型风暴球，他眼中尽是冷漠，嘴角一勾，小型风暴球迅速飞向众人。

莫薇薇心道不好，这对手太强大，搞不好他们几个联合起来都打不过他一个人啊。

眼见风暴球就要冲击到他们，一只强有力的手往前一伸，手中火焰腾起，与风暴球正好对上，风暴球被火焰包裹住，旋转了几圈后，一股白烟冒了出来，那风竟消散了。

所有人都惊愣住了！

莫薇薇忙往旁边一看，是小九。

欸，不对劲，好像有哪里不对劲。

她发现小九的眼神格外狠厉，咬牙切齿，一副要吃人的模样。

她心中又是一惊，这人，怕不是小九超凶的大哥吧？

　　她的想法很快得到了印证，因为这人接下那一个风暴球后，瞪大双眼，咆哮了一声："谁敢伤我弟弟！"

　　真的是小九大哥切换出来了。

　　加灵眼睛一亮，大笑一声："哈哈，小九大哥出来了。我们不怕打不过他了。"

　　文文隐隐觉得不对劲，不过情况紧急，他来不及细思，沉着脸没说话，只专心看着飞廉，随时准备应对各种攻击。

　　"欸，你们这个朋友的气场怎么突然变了？"九歌疑惑地问。

　　"这……一言难尽，反正我们不怕打不过飞廉了。"莫薇薇道。

　　对面的飞廉面色一沉，手掌中又渐渐生成一个风之旋涡，那是他的下一次攻击。他的眼神狠厉又冷漠，一言不发地盯着面前那个皮肤黝黑、身体精瘦的人。

　　飞廉只停顿了几秒便冲了过来，长臂一伸，手中的旋涡逼向开明兽。开明兽不怕他，伸手去挡那一招，余光一瞥，竟然看到飞廉的另一只手正生成一把风刃。

　　面前的旋涡攻击难道是幌子吗？这家伙居然还有点儿聪明。

"小心，这是迷惑招数！"莫薇薇也发现了，立刻大喊一声，提醒开明兽。

开明兽虽然不如飞廉敏捷，但是察觉到飞廉的意图后，他立刻调整了动作，以一个漂亮的后空翻躲过了飞廉左右手的同时攻击。管你左手、右手有什么，全部躲开就是了！

但是，他很快又感觉到了不对劲。因为他做了后空翻后，没有办法快速调整身体姿势，他来不及了，但是飞廉可以。

可恶啊，在速度上输掉了。

飞廉见开明兽躲开了攻击，又迅速带着强风飞起一脚，直直踢向了开明兽。就在这个时候，加灵突然飞了过来，在一侧攻击飞廉。飞廉察觉，手臂一伸就挡住了加灵的飞踢。飞廉使劲一挥手，加灵便被他甩到了空中。

莫薇薇心道：这个人好可怕、好强啊！一对三还这么强！这合适吗？

飞廉摆脱了加灵，立即冲向开明兽，脚下却突然被什么绊住。他心中一惊，低头去看，只见他的右脚缠上了一股水流。是文文的水流镣铐。

飞廉被绊住了脚的工夫，开明兽早就调整好了姿态，挥起冒火的拳头，疾步冲向被困在原地动弹不得的飞廉。

飞廉镇定自若地看着那火拳，冷漠一笑，人瞬间就消失了。

开明兽和其他人看得目瞪口呆，这人……会瞬间移动？他跑到哪里去了？

开明兽慌忙向四周看去，想要找到飞廉，一时不察，直直扑向了站在前方的文文。两人撞了个满怀，头磕到了一起，发出咣的一声响。

两人撞倒在地上，脑袋嗡嗡作响，人差点儿磕傻了。

他们捂着脑袋坐起来，对视一眼，眼中寒光乍现，瞬间站起身来，一个用莲花笛攻击，一个用拳头攻击，竟然打了起来。

莫薇薇这才想起之前在雷泽乡的时候，小九大哥和文文有过节儿。

惨了！敌人如此强大，我方队友非但没打败他，还起了内讧。莫薇薇大叫一声："你俩打什么啊？敌人在那边！"

开明兽眼里喷火，看着文文大怒道："好你个臭小子！今天阳光正好，我们来打一架吧！"

为何阳光正好就要打架？莫薇薇无奈地摇了摇头。

"肝火旺，急火攻心，可是容易走火入魔的。"文文沉着脸，语气平静。

"你！我要揍你！"开明兽说着，一拳挥向文文。

文文用莲花笛挡住那个拳头。

莫薇薇和加灵气得大喊："你俩别打了！"

此时，飞廉已经重新现身了，他躲在暗处，冷笑一声，手上凝聚出新的风之旋涡，瞄准了开明兽和文文。

九歌看不下去了。虽然他是月轮国的人，但莫薇薇等人毕竟是他请来的重要客人。

　　九歌咬咬牙，站了出来，对飞廉道："飞廉，你若是硬要杀了他们，那我只好对你动手了。"

　　原本站在角落的飞廉往前一步，手中的风之旋涡发出嗡鸣声，他眼里透出几分轻视："祭司大会临近，你这就忍不住了？"

　　九歌眉心一皱，指着他道："我就在这里打败你，今年祭司大会的获胜者就是我了！"

　　莫薇薇闻言，心想：原来这两人在竞争祭司大会的冠军。

　　"怎么，去年是我获胜，你心有不甘？"飞廉阴恻恻地问九歌。

　　九歌咬牙切齿，目光冷厉，没说话。

　　"也罢，不如你们几个一起上。"飞廉道。

　　好傲慢的家伙。

　　"这可是你说的，我可不跟你讲武德。"加灵这会儿也生气了，拳头攥得紧紧的，早就等不及要揍这个小子一顿了。

　　"武德？呵呵，区区一只妖精，居然还想着武德。"飞廉冷冷地笑道。

　　"你！"加灵暴跳如雷，率先朝飞廉冲了过去。

受暴怒激发，她的速度陡然变快，手上和脚上的力道也增强了一倍，莫薇薇用肉眼根本捕捉不到加灵的身影了。

二人一眨眼就在空中交锋了，只听到声响，看不到人影，转瞬间，竟然已经打了几十个回合。

加灵变强了。因为有怒火加持？莫薇薇惊叹。

九歌纠结了半天，还是决定加入加灵一方。他手里化出几枚风之叶子，然后他向前一挥手，风之叶子直直打向空中的飞廉。

飞廉斜眼一看，目光阴沉下来，宽袖一挥，瞬间就将那几枚风之叶子击落在地。

加灵趁机和他缠斗了起来。

这边，文文与开明兽打了几个回合后，不经意看向旁边，发现加灵、九歌同飞廉打了起来。

文文目光一紧，瞬间恢复了理智，转而对着暴躁的开明兽道："你我二人不如改日再战，现在先对付那边那个黑衣少年。"

开明兽正暴怒，哪里听得进别人说的话？

开明兽挥拳过去："不行！正打得高兴，不想换对手！"

文文用莲花笛接住那一拳，在心里叹了一口气。

他很快想到了策略，对开明兽道："你若不趁现在打败他，待会儿你体力耗尽，换小九上来的时候，那黑衣人就会攻击小九。"

闻言，开明兽顿住了，拳头的力道也卸了大半。他愣怔片刻，转头看向一边的飞廉。那黑衣少年以一敌二，居然还游刃有余，镇定自若。

好强！他们有危险。

他差点儿都忘记他替换小九的目的了。

开明兽又看向文文，不屑地说道："哼，这次先听你的。"

两人立即停手，一起看向飞廉。开明兽挥着火拳冲了过去，与加灵和九歌会合，文文站在原地，随时准备保护队友，避免他们受伤。

莫薇薇虽然捕捉不到加灵和飞廉的身影，但是她勉强看得清九歌和开明兽的行踪。

莫薇薇时刻关注着小伙伴们，留意着对手的动静，提醒他们及时躲开对手的招式。

她隐约听见梁柱断裂的声音，转头一看，发现是刚刚被水

流冲击到的柱子快要倒了。但她顾不上那边，重新把视线投向了正在打斗的几人。

小伙伴们齐心协力，文文的水属性镣铐、开明兽的火属性拳头、加灵的高速飞踢和九歌的风属性飞叶，全部向着飞廉一个人袭去。

莫薇薇终于看明白了，飞廉是高级风之祭司，身体可以随时化成疾风。所以刚刚他被文文捆住的时候突然消失，并不是瞬间移动，而是化成了风，从水之镣铐里逃了出来。

所以这个人根本不怕文文的水之镣铐，他们想将他固定在原地，再从四面进攻的计策失败了。

好可怕！难怪这人能在祭司大会上夺得桂冠。真是当之无愧！

飞廉几次躲过众人的攻击，轻盈地落在地上，仍旧一脸云淡风轻。

他突然从衣襟里翻出来一个精巧的东西，语气冷漠道："没时间陪你们玩了，还是快点儿解决掉你们。"

莫薇薇心道不好，难不成他还有法器？若是加上法器，他们就更打不过了。

众人屏息凝神，看向他手中的东西，莫薇薇的呼吸陡然滞住了。

飞廉的手中拿着一个做工精致的海螺。

正是他们要找的下一件乐器！

（本册完）